À UNE LARME PRÈS,
À UN MARTYR PRÈS,
À UN MISSILE PRÈS,
À UN GÉMISSEMENT PRÈS.
LA PALESTINE TANT
RÊVÉE EST À
UN RÉCIT PRÈS
D'ÊTRE UNE RÉALITÉ.

MÉMOIRE
D'ENCRIER

1260, RUE BÉLANGER – BUREAU 201
MONTRÉAL, QUÉBEC H2S 1H9
INFO@MEMOIREDENCRIER.COM
MEMOIREDENCRIER.COM

GAZA ÉCRIT GAZA

Voix d'une jeunesse palestinienne à qui l'on a tout volé sauf l'ardent désir de vivre, *Gaza écrit Gaza* est un livre-mémoire, livre-testament. Guidés par le poète Refaat Alareer, quinze jeunes écrivent depuis Gaza la résistance et l'espérance. Ils conjurent, de récit en récit, l'occupation, la guerre, le génocide. Grâce à Refaat Alareer, grand éducateur en plus d'être écrivain, toute une génération d'auteurs est née à Gaza. Ces récits puissants et émouvants disent le quotidien, les peurs et les drames, mais aussi les rêves et les aspirations de la jeunesse palestinienne. *Gaza écrit Gaza*, d'une valeur inestimable, représente l'engagement de Mémoire d'encrier à ne pas abandonner ces voix. Traduit par des écrivains de toute la francophonie, *Gaza écrit Gaza* est l'expression collective d'une solidarité au-delà des frontières.

Écrivain, poète, professeur et activiste palestinien de Gaza, **REFAAT ALAREER** est né en 1979. Sa passion et sa foi en la littérature ont inspiré toute une génération. Pour lui, écrire est un acte de résistance et de libération. Refaat Alareer a cofondé l'organisation We Are Not Numbers qui met en relation des auteurs expérimentés avec de jeunes écrivains de Gaza. Il a dirigé deux anthologies, *Gaza Writes Back* (2014) et *Gaza Unsilenced* (2015). Auteur du célèbre poème *If I must Die*, hymne à l'humanité, Refaat Alareer a été assassiné le 6 décembre 2023.

SOUS LA DIRECTION DE

REFAAT ALAREER

GAZA ÉCRIT GAZA

RÉCITS PAR DE JEUNES ÉCRIVAINS DE GAZA, PALESTINE

TRADUCTION DE
L'ANGLAIS (PALESTINE) PAR

Antoinette Tidjani Alou, Joséphine Bacon, Anaïs Barbeau-Lavalette, Hemley Boum, Doan Bui, Kathryn Casault, Nadia Chonville, Martine Delvaux, Ananda Devi, Yara El-Ghadban, Sabyl Ghoussoub, Karim Kattan, Kev Lambert, Frédérick Lavoie, Perrine Leblanc, Max Lobe, Nadine Ltaif, Beata Umubyeyi Mairesse, Léonora Miano, Philippe Néméh-Nombré, Laura Doyle Péan, Stanley Péan, Gabriel Robichaud, Elias Sanbar, Véronique Tadjo.

À LA PALESTINE, À GAZA

Refaat Alareer

Traduit par Joséphine Bacon

Les sentences de mort d'Israël
tombent sur nos têtes,
comme du plomb.
Les sentences de mort d'Israël,
attachées comme une puce à un chaton,
fourrées dans nos gorges,
rongent la vie.
Quand nous disons « Ainsi soit-il »
à la prière des aînés,
les sentences de mort d'Israël
bloquent le chemin vers Dieu.
Nous rêvons, nous prions,
nous sommes vivants.
Chaque fois que la vie est assassinée,
nous vivons, nous vivons,
nous sommes vivants.
Toujours.

INTRODUCTION

Refaat Alareer

Traduit par Yara El-Ghadban

Les conteurs constituent une menace.
Ils menacent les champions de l'autorité,
ils font peur aux usurpateurs du droit
à la liberté de l'esprit...

Chinua Achebe, *Les termitières de la savane.*

Parfois, une patrie devient un récit. Nous aimons le récit parce qu'il nous raconte la patrie, et nous aimons d'autant plus la patrie grâce au récit.

Ce livre est unique. *Gaza écrit Gaza* inscrit dans la mémoire et l'histoire, sous forme de fiction, le cinquième anniversaire de l'assaut militaire massif qu'Israël a lancé sur Gaza entre le 27 décembre 2008 et le 18 janvier 2009 – la soi-disant « opération Plomb durci ». Écrits directement en anglais par de jeunes auteurs de Gaza, ces récits font entendre la voix de la jeunesse palestinienne. Ce sont là des voix essentielles qui incarnent une narration de l'intérieur.

Gaza écrit Gaza est un acte de résistance. Résistance contre les tentatives israéliennes de tuer ces voix émergeantes dans l'œuf, effacer la souffrance des martyrs, blanchir le sang, étouffer les larmes et les cris. Malgré tout ce qu'Israël a fait pour les anéantir, les Palestiniens avancent sans s'abandonner à la souffrance et à la mort.

Gaza écrit Gaza rappelle au monde la quête de liberté et l'espoir tenace qui animent les Palestiniens, même dans les temps les plus sombres.

Gaza écrit Gaza rappelle que raconter est un acte de vie, un acte de résistance. Raconter façonne la mémoire. Comme le souligne Samiha Olwan, l'une des autrices, « les Palestiniens trouvent toujours le moyen de forger de nouveaux lieux d'appartenance. Dans l'espace virtuel des réseaux sociaux, raconter est un mode de narration qui se renouvelle sans cesse ».

Dès que les humains se rassemblent, ils partagent récits et contes. Raconter donne sens au passé et le rattache au présent. Les récits jettent à la fois un pont vers l'histoire et se projettent vers les rêves de demain.

Les Palestiniens ont appris à chérir ces histoires. En effet, raconter est en soi un thème central de plusieurs récits dans *Gaza écrit Gaza*, car les écrivains savent bien que les récits dépassent l'espace d'une vie humaine. Pas une fête ou une soirée sans un conte ou deux sur les bons vieux jours où la Palestine était encore la Palestine – une Palestine que les jeunes n'ont ni connue ni vécue.

Ces récits les habitent et puisqu'ils les habitent, ils font vivre en chacun et chacune la Palestine, une Palestine à garder en vie ; une Palestine libre où tous – peu importe la couleur, religion ou origine – coexistent ; une Palestine où le mot « occupation » n'est qu'un terme comme un autre dans le dictionnaire, dépourvu de la violence, la mort, la destruction, la douleur, la souffrance, la privation, l'isolement et les restrictions que l'occupation leur a imposés.

Les écrivains palestiniens – les jeunes en particulier – captent ces horribles pratiques israéliennes et les transforment en récits. C'est ainsi qu'ils donnent sens à la Palestine rêvée dans un contexte insensé. C'est par la métaphore que la Palestine devient réelle. À une larme près, à un martyr près, à un missile près, à un gémissement près. La Palestine tant rêvée est à un récit près d'être une réalité.

OPÉRATION PLOMB DURCI

L'opération Plomb durci a profondément traumatisé ceux d'entre nous qui l'ont subie. Or, elle fait partie d'une série d'assauts contre la population autochtone palestinienne, perpétrés, notamment avant 1948, par les milices sionistes en Palestine et, plus tard, par l'armée israélienne.

Lors des combats de 1947 – 1948, ces milices ont attaqué des villes et des villages palestiniens situés bien au-delà des frontières que les Nations Unies avaient « attribuées » à l'État juif, et ont expulsé autant de Palestiniens que possible des zones passées sous leur contrôle. En 1956, Israël a envahi Gaza ainsi que toute la péninsule du Sinaï en Égypte, commettant de nombreux massacres contre les Gazaouis. En 1967, Israël a envahi Gaza à nouveau, ainsi que toute la Cisjordanie, y compris Jérusalem-Est, soumettant ces territoires à ce que les juristes internationaux ont qualifié d'« occupation militaire étrangère ». Cette situation, qui devait être temporaire, perdure depuis quarante-cinq ans ; Israël se sert de la loi militaire pour contrôler d'une main de fer les territoires et leurs habitants.

En Cisjordanie, les autorités israéliennes ont implanté plus de six cent milles colons, violant le droit international de manière flagrante. Autour de Gaza, elles ont imposé un blocus suffoquant, ponctué de violences sanguinaires. Leurs forces lourdement armées combattent les résistants palestiniens et sèment la terreur dans les camps de réfugiés au Liban depuis des décennies. Leurs services secrets ont assassiné impunément des intellectuels palestiniens et des figures de proue de la résistance à Beyrouth, à Tunis, en Norvège, à Malte, à Dubaï – sans oublier les nombreux assassinats en Cisjordanie et à Gaza.

Dans une histoire marquée par la violence, l'opération Plomb durci a eu de profondes répercussions. Le carnage qu'a déchaîné Israël sur la population de Gaza a fait plus de mille quatre cents morts et cinq mille blessés. Environ onze mille maisons et nombre de bâtiments industriels, commerces, routes, ponts et autres infrastructures ont été entièrement ou partiellement détruits. Les décès, les bombardements et les images des corps déchiquetés de dizaines de jeunes policiers ont laissé des cicatrices dans l'âme et le cœur de tous les Palestiniens et citoyens du monde. Pour la première fois, les réseaux sociaux exposaient minute par minute la mort et la destruction.

Des milliers de gens de différents pays se sont mobilisés pour Gaza et, de plus en plus, se sont mis à écrire.

Les frappes qui ont enlevé la vie à des centaines de jeunes policiers, d'écoliers et de civils ont éveillé une immense passion pour l'écriture chez de nombreux Palestiniens, surtout à Gaza.

Les Palestiniens de Gaza ont compris que personne, où qu'il soit, n'est à l'abri du feu israélien. Israël a déversé son plomb sans discernement, afin d'anéantir nos corps – et nos corps ont été anéantis –, mais aussi dans le but de tuer l'espoir, l'engagement et la mémoire – ce qu'aucun assaut n'a réussi à faire. Vingt-trois jours plus tard, les gens de Gaza se sont relevés, ont épousseté les débris de leurs corps et vêtements, et ont entamé la reconstruction des maisons et des infrastructures, pour rebâtir ce que les missiles avaient pulvérisé.

Vingt-trois jours de haine et d'hostilité sans répit, et Gaza s'est remise debout comme un phénix. Ceux qui avaient fait la queue devant les morgues pour un dernier adieu à leurs proches se sont retrouvés, quelques jours plus tard, dans la queue des boulangeries et des épiceries qui n'avaient pas augmenté leurs prix. Ils sont rentrés chez eux pour partager le peu qu'ils avaient acheté avec ceux qui n'en avaient pas les moyens. Les gens de Gaza n'avaient jamais été aussi unis. Gaza était désormais ancrée non seulement dans le cœur de chaque Palestinien, mais aussi dans celui de chaque âme libre à travers le monde. Gaza, debout, fière, plus grande que jamais. Gaza n'a jamais plié. Elle nous a appris à résister à l'oppression avec les moyens dont nous disposons. Gaza nous a appris à ne jamais nous agenouiller, à ne même pas y penser.

Ce livre rend hommage à Gaza, à son esprit de résistance. Il ne s'agit pas de romantiser la guerre. La guerre, sous toutes ses formes, est une chose hideuse. « Il y a eu trop de souffrance pendant ces vingt-trois jours. Si l'assaut Plomb durci figure dans nos textes, c'est pour apaiser un peu les blessures et les souvenirs traumatiques. Aussi beau que soit cet esprit de résistance qui nous a animés, cette beauté ne doit jamais masquer l'horreur de l'injustice », rappelle Samiha Olwan.

Beaucoup ont juré de riposter, d'autres, de protéger leur peuple, et certains Gazaouis ont décidé d'écrire. Ils se sont engagés à documenter l'agression israélienne et à le faire en anglais, pour que le monde entier puisse connaître la vraie nature de la prétendue « seule démocratie » du Moyen-Orient – une « démocratie » qui, deux ans avant les événements de 2008, avait étouffé une autre démocratie, celle qui naissait en Palestine, avec la complicité des puissances occidentales.

Ce sont ces blogueurs et activistes qui ont rendu ce livre possible. Comme toute société, la Palestine n'est pas parfaite : tout en traitant de l'occupation, les récits de ces auteurs abordent des enjeux sociaux sans hésiter à pointer du doigt les dirigeants palestiniens vieillissants et les failles de certaines conventions sociales.

Cela étant, la littérature palestinienne et l'écriture de ces jeunes écrivains ne peuvent être réduites à une simple réplique ; il s'agit plutôt d'un acte de création : la traduction de la résistance en autant de mots et de récits face à l'horreur. Le moment est propice à l'arrivée de cette nouvelle génération d'écrivains : ceux-ci ont les outils – dont une excellente maîtrise de l'anglais et des compétences en communication par le biais des réseaux sociaux –, la motivation, l'enthousiasme et, surtout, la conviction que « répondre par l'écriture » à des décennies d'occupation israélienne, à son insatiable agressivité et à l'opération Plomb durci est une obligation morale, un devoir envers la Palestine et envers une Gaza blessée, mais toujours insoumise.

Plus qu'un acte de résistance, l'écriture est une responsabilité envers l'humanité : celle de dire la vérité au monde entier, de sensibiliser ceux qui sont aveuglés par les millions de dollars investis dans les campagnes israéliennes de *hasbara* (un mot qui signifie « persuasion », mais qui, en réalité, désigne la désinformation).

LES RÉCITS ET LES ÉCRIVAINS

Les vingt-trois récits de ce livre ont été choisis parmi des dizaines de textes soumis. À l'exception de *Canari* et *Vais-je en sortir un jour ?*, traduits respectivement par moi-même et Mohammed Suliman, ces récits ont été écrits directement en anglais par trois écrivains et douze écrivaines. Près de la moitié de ces textes a été composée dans le cadre de mes cours de littérature et de création. Ces auteurs avaient pour la plupart commencé comme blogueurs et n'avaient jamais écrit de fiction. Travailler avec ces jeunes talents de Gaza a été une révélation : il suffit de les encourager et de les encadrer.

Gaza écrit Gaza, c'est la voix sans filtre d'une jeunesse qui n'en peut plus de cette occupation, de la communauté internationale et des dirigeants palestiniens. Ce sont des voix qui incarnent des visions du monde aussi riches que complexes. Résonne aussi parfois l'écho d'autres époques et générations. L'originalité de ces récits ne relève pas seulement de l'usage de l'anglais, mais aussi de la profondeur du regard porté sur la condition palestinienne.

Les écrivains de *Gaza écrit Gaza* n'ont pas hésité à expérimenter avec la forme, le style, l'intrigue et la narration, allant jusqu'à inverser la perspective. Certains ont même tenté d'« infiltrer » la psyché des soldats israéliens ; ce phénomène frappant est relativement nouveau dans la littérature palestinienne.

Les jeunes Palestiniens utilisaient les blogues et les réseaux sociaux pour dénoncer l'occupation et y résister bien avant l'opération Plomb durci. Cependant, après la guerre de 2008 - 2009, une nouvelle vague d'écrivains a émergé, ceux-ci se servant des outils à leur portée pour s'exprimer. Ceux qui maîtrisaient bien l'anglais avaient l'opportunité de communiquer leurs points de vue. Ils étaient motivés par la possibilité de briser l'isolement et de créer des liens avec des militants et des groupes de solidarité à travers le monde. Grâce à ces liens, beaucoup d'activistes ont ensuite fondé des organisations dans leurs propres pays pour défendre les droits des Palestiniens, dont le droit des habitants de Gaza à une vie décente, une vie normale, libérée des privations du blocus israélien.

Nombre de ces écrivains ont étudié l'anglais à l'université. Ils se sont immergés à la fois dans la littérature anglaise et dans les littératures du monde. Ils sont également très enracinés dans la littérature palestinienne, s'inspirant de figures emblématiques telles qu'Edward Said, Ghassan Kanafani, Mahmoud Darwich, Jabra Ibrahim Jabra, Suad Amiry, Susan Abulhawa, Mourid et Tamim Al-Barghouti, Ibrahim Nasrallah, Samah Sabawi, Ali Abunimah et bien d'autres. Leur dette envers leurs aînés est indéniable.

Ce qui a commencé par une simple publication sur Facebook, un « tweet » ou un court billet de blogue a évolué, grâce à la pratique, vers la fiction – sans doute la plus universelle des formes d'expression. La première vague de textes était principalement descriptive : comptes-rendus et réflexions sur des expériences vécues. La chronique a ensuite tranquillement cédé la place à la fiction. La fiction est au cœur de ce livre. Ce passage du texte d'opinion – un format pertinent, mais dont l'effet est éphémère puisqu'il est ponctuel et s'adresse souvent à des lecteurs déjà conquis – à la fiction n'est pas anodin. Fondamentalement humaniste, la fiction permet de toucher un public plus large. La fiction s'inscrit dans la durée. Elle traverse les époques, les croyances et les frontières.

Nous l'avons déjà souligné, il y a plus de femmes que d'hommes dans ce livre. Ce n'était pas un critère éditorial en soi, mais plutôt le reflet de la réalité : à Gaza, les jeunes femmes sont plus nombreuses que les hommes à s'exprimer sur les réseaux sociaux et à écrire, en particulier en anglais. Les jeunes femmes jouent un rôle crucial dans la société palestinienne contemporaine. Elles ont su exploiter tous les outils disponibles et se sont engagées dans la préservation de l'identité palestinienne, la résistance à l'occupation et la construction d'une société plus ouverte, où hommes et femmes sont égaux. L'histoire de la Palestine est marquée par des figures féminines fortes. Cette nouvelle génération d'autrices s'inscrit dans la lutte, tout en lui insufflant sa propre sensibilité et sa vision du monde.

Les femmes dans ces récits sont puissantes, indépendantes, intellectuelles et engagées. Leur rôle ne se limite plus à donner naissance à des combattants de la liberté: elles sont elles-mêmes des combattantes. Il appartient aux chercheurs, universitaires et critiques d'accorder à ces figures féminines l'attention qu'elles méritent, de mieux comprendre leurs histoires, leurs préoccupations, dans leur individualité et leurs expériences communes.

Ces jeunes écrivaines, souvent issues de la blogosphère, voulaient faire entendre leur voix et contribuer à la lutte de leur peuple contre la brutalité de l'occupation. Pour la première fois dans l'histoire du combat palestinien, les jeunes femmes prennent les devants. Dans ce mode de résistancc, l'ćcriture, les femmes surpassent numériquement les hommes et, tout en s'inscrivant dans la trame narrative palestinienne, mettent en lumière des problématiques féminines et défendent des visions du monde au même titre que leurs compères. De nouvelles voix et récits émergent contre et malgré toutes les tentatives de les réduire au silence.

Ces jeunes Palestiniennes écrivent; elles s'affirment dans la forme et la langue de leur narration, dans la manière dont elles s'expriment. Autrement dit, pour saisir pleinement la portée de leurs récits, il faut tenir compte des notions d'identité, et plus particulièrement d'identité de genre.

Les récits de *Gaza écrit Gaza* abordent un grand éventail de thèmes, de contextes, de formes et de styles. Bien que leur objectif principal soit de mettre en mots les expériences des jeunes Gazaouis face à l'offensive israélienne de 2008 - 2009, ces récits racontent la Palestine, refusant toute division. Chez les Palestiniens, où qu'ils soient, la revendication du droit au retour est omniprésente.

Certains récits traitent d'enjeux spécifiques à la Cisjordanie, tels que le mur de séparation, les colonies ou le rapport à Jérusalem. D'autres n'ont pas de cadre géographique précis ; ils pourraient se dérouler n'importe où dans la Palestine occupée, ou même dans tout autre territoire sous occupation.

Entre nouvelles percutantes, récits longs, fables allégoriques ou contes pour enfants, les styles varient. Au-delà de sa qualité littéraire et esthétique, *Gaza écrit Gaza* rassemble toute la Palestine en un seul récit.

Alors que Gaza endure un siège de type médiéval et des attaques militaires successives, la Cisjordanie et Jérusalem sont entourées de murs et de checkpoints, les Palestiniens de 1948 (la minorité qui n'a pas été déracinée après la *Nakba*) subissent l'apartheid israélien, et ceux de la diaspora vivent avec l'impossibilité de rentrer chez eux. La plupart des écrivains de Gaza n'ont jamais mis les pieds dans d'autres parties de la Palestine. C'est donc Internet qui leur a permis de rencontrer des Palestiniens de la diaspora, de la Cisjordanie, de Jérusalem et des territoires occupés et d'échanger avec eux. Ensemble, ils reconstituent la Palestine fragment par fragment, et lui redonnent le corps et l'unité que la réalité politique leur refuse. Ainsi, bien que *Gaza écrit Gaza* soit centré sur des écrivains de Gaza, le livre réfute l'idée erronée d'une Gaza séparée du reste de la Palestine.

THÈMES

Trois thèmes clés sont au cœur de ces récits : la terre, la mort et la mémoire.

À propos de la terre, Edward Said écrivait dans l'introduction de *Culture et impérialisme* :

> Dans l'impérialisme, l'enjeu suprême de l'affrontement est évidemment la terre ; mais, quand il s'agit de savoir à qui elle appartient, qui avait le droit de s'y installer et d'y travailler, qui l'entretenait, qui l'a reconquise et qui aujourd'hui prépare son avenir, ces problèmes ont été transposés, débattus et même un instant tranchés dans le récit[1].

Les récits de *Gaza écrit Gaza* sont imprégnés de la passion des Palestiniens pour leur terre. La terre, les lieux, les arbres sont des motifs centraux. Cet attachement ne cesse de croître malgré toutes les mesures et politiques instiguées par Israël pour sevrer les Palestiniens de leur territoire.

1. Edward Saïd, « Introduction », *Culture et impérialisme*, traduit par Paul Chemla, Paris, Librairie Arthème Fayard, Le Monde Diplomatique, 2000, p.13.

Plus Israël tente de briser ce lien, plus celui-ci se renforce. Nombre de récits contestent la narration israélienne et les mythes liés à la possession de la Palestine.

Il est vrai, la mort et le deuil sont partout présents dans ces récits. Peut-on s'en étonner, alors que cette génération a passé une grande partie de sa vie à confronter la mort ? L'occupation a inséré la mort dans le quotidien de la plupart des Palestiniens. Pourtant, sous cette couche de douleur se cache un féroce amour de la vie. On perçoit entre les lignes le désir de persévérer. Le simple fait d'écrire témoigne de l'espoir d'une vie meilleure. Le *sumud*, une caractéristique fondamentale de la vie palestinienne qui dit la résistance et la dignité face à l'adversité, est incarné dans l'acte même de raconter et d'explorer l'expérience humaine dans toutes ses facettes – incluant la mort. Pour la majorité des Palestiniens, l'idée d'abandonner ou de se soumettre à l'occupation est impensable.

Quant à la mémoire, il faut se rappeler que raconter, c'est se souvenir et aider les autres à se souvenir. Beaucoup, sinon tous les récits de *Gaza écrit Gaza*, s'attardent sur des détails infimes dans le but d'ancrer les atrocités ou les rares instants d'espoir dans la mémoire collective. La mémoire façonne une grande partie de notre monde. Partager ces souvenirs sous forme de récits, c'est aussi enlever à l'occupation le pouvoir d'effacer les liens entre la Palestine et les Palestiniens. Ces récits célèbrent la mémoire et condamnent l'oubli. Face à la mort, le dernier souhait d'un personnage est souvent qu'on « raconte son histoire », comme le dit Hamlet. Raconter devient en soi un acte de vie.

Certains récits vont encore plus loin en pénétrant la conscience des soldats israéliens : il n'y aura aucun répit pour les occupants tant que l'occupation perdurera. Les Palestiniens continueront de faire entendre leurs voix jusqu'à ce que l'occupation cesse, sinon ils hanteront leurs oppresseurs en criant à pleins poumons : « Assez ! Assez ! »

VIVRE ET ÉCRIRE À GAZA

Ces récits ont vu le jour dans des conditions extrêmement difficiles. Gaza est sous blocus israélien depuis 2006. Les autorités militaires ont légèrement assoupli le siège après l'attaque injustifiée contre la Flottille de la Liberté en 2010, puis à nouveau après le Printemps arabe. Mais, à la suite des événements de l'été 2013 en Égypte[2], le blocus s'est resserré encore davantage.

Le long siège politique, économique, qui touche à tous les aspects de la vie culturelle et intellectuelle a forcé ces jeunes écrivains – comme par ailleurs tous les habitants de Gaza – à composer avec la violence structurelle au quotidien : coupures d'électricité, isolement, chômage, manque de biens essentiels, pénurie de livres, de médicaments et d'accès aux soins, difficultés extrêmes à voyager

2. Avec la chute, début juillet 2013, des Frères musulmans en Égypte, le nouveau gouvernement a détruit la vaste majorité des tunnels souterrains qui transportaient en contrebande l'essence et d'autres provisions vers Gaza, ce qui a provoqué une pénurie terrible de produits de consommation et l'inflation des prix [Note de la traductrice].

en dehors de Gaza et, trop souvent, douleur, mort ou perte d'êtres chers. Entre-temps, Israël ne cesse de soumettre les deux millions de personnes qui vivent à Gaza à de la surveillance intrusive, quand l'État ne recourt pas carrément à la violence létale.

Or, plus Israël redouble de férocité, plus les Palestiniens de Gaza s'accrochent à la vie et à leur terre. Ingénieux et déterminés, ils trouvent le moyen de contourner les nombreux obstacles érigés par l'occupation. Livres, biens essentiels, carburant, matériaux de construction et bien d'autres choses sont acheminés via des tunnels souterrains. (Même des mariées sont entrées et sorties de Gaza par ces tunnels, et un petit nombre de réfugiés palestiniens de Syrie ont pu fuir l'horreur et trouver refuge à Gaza.) Rien ne pouvait les empêcher de vivre.

Les écrivains de *Gaza écrit Gaza* se sont inspirés de ces circonstances terribles. On pourrait même qualifier leurs récits de *contre-attaques narratives*. Ces récits ont jailli dans un climat de peur et d'incertitude qui n'est pas sans rappeler ce qu'a vécu Anne Frank. Nous vivons effectivement des situations aussi abominables que celles dépeintes dans le film *Le Pianiste*. Comme Anne Frank et les résistants du film, comme tous les peuples ayant subi l'occupation, nous résistons et luttons. Nous le faisons par l'écriture.

En 2011, un groupe de citoyens américains a mis sur pied un projet de solidarité internationale : il consistait à remplir un bateau de lettres envoyées par des personnes du monde entier qui se souciaient du sort des Gazaouis. Leur objectif était de naviguer jusqu'aux côtes de Gaza et de livrer ces messages d'espoir. Le bateau portait le nom *L'audace de l'espoir*, en référence au livre que Barack Obama avait publié avant son élection. Mais bien avant que le bateau n'atteigne Gaza, le gouvernement grec, sous forte pression israélienne, est intervenu pour l'empêcher de poursuivre sa mission.

Ce livre est porté par un esprit de réciprocité et de reconnaissance envers tous les citoyens du monde – notamment certains écrivains renommés – qui se sont engagés afin de briser les conditions suffocantes d'isolement dans lesquelles Israël maintient Gaza.

Cinq ans après l'opération Plomb durci, nous sommes fiers de pouvoir dire à tous ceux qui soutiennent notre droit à la vie, à une vie normale et productive :

À notre tour d'écrire.

Gaza écrit Gaza parce que raconter, c'est construire l'identité et l'unité palestiniennes.

Gaza écrit Gaza parce qu'il y a une Palestine à préserver, ne serait-ce qu'un récit à la fois.

Gaza écrit Gaza parce que la Palestine est à portée de récit.

Gaza écrit Gaza pour que personne n'oublie.

Gaza écrit Gaza parce que seule l'imagination peut créer de nouvelles réalités.

Gaza écrit Gaza parce qu'écrire est un devoir – envers la nation, envers l'humanité – et une responsabilité.

— Refaat Alareer
novembre 2013

À PROPOS DE CERTAINS MOTS ET EXPRESSIONS

Il est courant que les hommes et les femmes reçoivent un nom honorifique en tant que père ou mère de leur fils aîné. *Abu* renvoie à « père de » et *Um* à « mère de ». Ainsi, un couple dont le fils porte le nom de Samer s'appellerait désormais *Abu Samer* et *Um Samer*. Il arrive qu'une personne qui n'a pas de fils soit nommée d'après sa fille aînée et, plus rarement, qu'elle se voit attribuer le surnom *Abu* ou *Um* même sans enfant.

Les enfants palestiniens s'adressent à leurs parents de différentes façons. Dans ce livre, vous trouverez *Mama* et *Baba*, l'équivalent de « Maman » et « Papa ».

La *kufiya* est le tissu traditionnel à carreaux porté en écharpe ou en coiffe en Palestine et dans d'autres pays arabes.

Eid est le mot arabe pour « fête ». *Eidiyya* désigne un cadeau de fête, généralement une somme d'argent offerte aux enfants.

La *shahada* est la déclaration de foi musulmane.

La *Nakba*, qui signifie « Catastrophe », est le terme utilisé par les Palestiniens pour désigner l'événement traumatique de leur expulsion de leur patrie et de la confiscation de leurs terres à la suite de la proclamation de l'indépendance de l'État d'Israël en 1948.

L'UNRWA est l'acronyme anglais (United Nations Refugee and Works Agency) désignant l'Office de secours et de travaux des Nations Unies pour les réfugiés de la Palestine. Cet organisme créé après 1948 fournit une aide qui se voulait temporaire aux réfugiés palestiniens en attendant leur retour dans leur pays.

L POUR LIBERTÉ

Hanan Habashi

Traduit par Véronique Tadjo

Comment ça va, Baba ? Cela fait une éternité que je ne me suis pas assise à tes côtés pour te parler. J'ai presque oublié ma promesse de t'écrire à chaque fois que le bonheur s'infiltrerait dans mon « petit cœur ». J'ai bien peur de ne pas pouvoir écrire une lettre empreinte de bonheur, alors laisse-moi t'écrire en toute liberté ; ne me prive pas de la joie de m'adresser à toi.

Aujourd'hui, cela fait onze ans que tu es parti. Je commence à peine à réaliser combien tu me manques : ta perte est une bête féroce ; je n'arrive pas à la vaincre. On n'a jamais eu autant besoin de toi, le sais-tu ? Mon seul réconfort est de savoir que tu lis dans mes pensées.

La vie est devenue affreusement plus compliquée qu'une bonne note en histoire ou une sortie en famille avec tante Karama. Au fond, elle n'a jamais été simple la vie. Que te dire ? Gaza est pleine de frustrations ces jours-ci – on pourrait même dire ces années-ci. Au moins, cela oblige à exercer sa patience. Cet été est le pire de tous les étés passés sans toi. Respirer un peu d'air pur, c'est désormais un luxe que nous ne pouvons pas toujours nous permettre. Quand le néant s'impose, ce qui arrive bien trop souvent, je m'assois dans ma chambre exposée au soleil. Je fixe le trou et la vilaine fissure que la balle a laissés dans le mur. Oui, cette fissure laissée par le coup de fusil. Oui, cette fissure que le coup de fusil a laissé dans le mur. Quelle horreur ! Parfois, je la regarde en essayant de me rappeler à quoi ce soldat pouvait ressembler. Cette créature odieuse t'a arraché de mon lit sans te donner la chance de finir l'histoire que tu me racontais ce soir-là.

Je me souviens de ses bottes noires et poussiéreuses, je me souviens de son fusil. Effrayant. Tant de fois, j'ai essayé d'imaginer cet homme et j'ai toujours fini par croire qu'il était un monstre sans visage. Peut-être n'aurais-je pas dû me laisser aller jusqu'à penser à lui, à sa vie, à sa famille, à sa femme qu'il « aime », à son enfant intelligent capable d'obtenir une bonne note en mathématiques. Penser à lui, à ses rires, à ses larmes. Baba, qu'est-ce qui pourrait bien pousser une personne à se réjouir de ma souffrance, de me voir vivre sans père, vivre sans la fin de l'histoire ?

Quand l'obscurité prévaut, je m'assois près de la fenêtre pour regarder au loin toutes ces maisons sans électricité, humer le doux parfum d'une nuit calme à Gaza, sentir l'air frais souffler sur mon cœur, et penser à toi, à moi, à la Palestine, à la fissure dans le mur nu, à toi, à Mama, à toi, à mon livre d'histoire, à toi encore, à Dieu, à la Palestine toujours, à notre histoire inachevée. J'aime raviver dans mon esprit ta voix tendre racontant l'histoire de Thaer. Je rayonnais de joie quand tu me disais que Thaer et moi nous ressemblions tant. Il avait mes yeux sauvages, et moi, son sourire timide. Je ne sais pas qui il est, ni où il en est dans la vie, mais j'ai toujours fait confiance à tes héros. Je ne pourrai jamais oublier l'éclat de tes yeux au souvenir des plantules d'olivier qu'il semait dans le jardin de l'orphelinat. Que Dieu bénisse le sourire sur ton visage, Baba. Que Dieu bénisse les graines sous terre. Je ne pourrai jamais oublier tes mots, alors que tu plongeais ton regard dans le mien : « C'est un garçon qui a perdu toute sa famille, mais qui n'a jamais perdu foi en la vie. Je veux que tu sois aussi forte que lui. » Baba, te souviens-tu ? Je t'ai demandé s'il était assez fort pour lutter contre un soldat israélien. Tu as souri – comme à ton habitude – mais tu ne m'as pas répondu. Tu voulais que je comprenne les choses par moi-même. Tu m'as dit qu'il n'avait que douze ans le jour où, brusquement, l'une des filles de l'orphelinat, Amal, s'est mise à trembler, à divaguer et à transpirer à grosses gouttes. Personne n'avait le courage de briser le couvre-feu militaire. Mais Thaer, lui, est sorti chercher un médecin pour Amal, et puis... Et puis l'enfer sur terre, Baba ! Hélas ! tu n'étais plus là pour me raconter la suite.

Je ne sais pas trop quand j'ai commencé à m'intéresser à la fin de l'histoire de Thaer. Chaque fois que je m'aventurais à penser à lui et au dénouement, la fatigue s'emparait de moi, et la chape de plomb dans ma tête devenait encore plus lourde. Je ne pouvais pas y arriver toute seule. Je devais réfléchir deux fois : une fois pour moi, et une fois pour toi. J'ai fait de mon mieux, Baba. Ce n'était pas facile pour autant. Parmi toutes les personnes autour de moi, tu sais mieux que quiconque qu'il faut être deux pour terminer une histoire ; il en a toujours été ainsi. L'idée que je sois motivée simplement par la curiosité ou l'envie d'une fin heureuse me troublait. Thaer est un autre « toi » dans ma vie, tout comme ta photo qui se tient au-dessus de l'horrible fissure, et ta *kufiya*, dont le noir riche s'est usé jusqu'à prendre une belle teinte grise. Ils font partie de toi. J'étais taraudée par la peur de perdre encore une fois mon père.

Un jour, j'ai pensé à ton âme sœur : Mama. Je me suis dit que tu devais lui avoir parlé de Thaer. Je m'imaginais que vous aviez passé des nuits entières à admirer ses yeux et son sourire, car lorsque vous étiez ensemble – un luxe pour Mama – vos discussions étaient interminables. Parfois, je voyage à travers des souvenirs bien particuliers. J'entends le timbre de ta voix et les échos du rire de Mama – un rire qui s'est éteint il y a longtemps. Mais ne t'inquiète pas ; Mama ne manque jamais de me sourire. Je ne devrais pas te déranger, Baba, mais... plus les jours passent, plus Mama devient fragile. Je me demande toujours : qu'est-ce qu'elle sait que je ne sais pas et qu'est-ce qui fait qu'elle s'accroche à la vie malgré la solitude et l'amertume ? Elle doit en savoir beaucoup, non ?

Je lui ai posé une fois la question sans détour :

— Qu'est-il arrivé à Thaer, à la fin ?

Elle a lavé le dernier plat, a fermé le robinet et a regardé l'évier pendant un moment. Elle était sur le point de me donner la réponse qui m'apaiserait. Mais elle s'est immédiatement rétractée.

— Qui est Thaer ? a-t-elle demandé, en plissant les yeux.

— Mais Thaer ! ai-je rétorqué.

Puis, voyant l'inquiétude se dessiner sur son visage, j'ai repris :

— Thaer, le Thaer de mon père !

Dans chacun de ses mouvements et dans chaque mot qu'elle ne prononçait pas, j'entrevoyais le début d'un récit. Le chaos dans ses yeux trahissait son silence.

— Allons, Mama ! Thaer, le garçon fort qui a planté des oliviers à l'orphelinat.

J'ai continué à essayer de la faire parler.

— Fort, hein ? Peu importe ta force ou combien tu prétends en avoir, la vie va parfois te faire plier. Ça ne te rendra pas faible pour autant, ma chérie ; ça te rendra plus humaine.

Je sais, Baba, tu ne reconnais pas cette nouvelle femme. Je ne la reconnais pas non plus. J'aimerais croire qu'il s'agit de sagesse. Malheureusement, la vie a rendu Mama cynique, même si elle a beaucoup gagné en sagesse. Sa réponse ne me semblait rien à voir avec ton Thaer à toi, alors je lui ai demandé à nouveau si elle savait ce qui lui était arrivé et s'il était retourné à l'orphelinat ou non.

— Il est bien rentré chez lui. Comme nous le ferons tous un jour, a-t-elle murmuré.

Cette nuit-là, j'ai pensé à la maison de Thaer, à l'air distant dans les yeux de Mama. J'ignorais ce qui était le plus terrible : le bourdonnement terrifiant du drone à l'extérieur ou le vacarme de certaines questions difficiles à l'intérieur de ma tête. Je me suis finalement endormie sans réponse, remerciant le drone de ne pas avoir donné à mon tumulte la moindre chance de s'apaiser.

Il y a deux semaines, Grand-père est sorti avec Abu Feras, un voisin, pour aller chercher un coupon alimentaire de l'UNRWA. Il a quitté la maison en bonne santé, et il est revenu fou. Aussi simple que cela. Abu Feras dit que Grand-père a attendu trois bonnes heures sous le soleil brûlant dans la longue file. Quand il a enfin été sur le point d'obtenir son coupon, il a demandé à l'homme devant lui :

— Qu'est-ce que vous allez me donner ?

— De la nourriture ! a répondu l'homme sèchement.

— Et vous croyez vraiment que je vais retrouver ma Jaffa avec un coupon ? a crié Grand-père.

Tu peux imaginer le genre de branle-bas que cela a provoqué ! Heureusement, tout s'est calmé grâce à Abu Feras, qui l'a forcé à rentrer chez lui. Je n'aime pas trop penser à cet incident. Depuis que tu es parti, sa vie est entièrement enveloppée par le deuil de son fils chéri et la perte de son citronnier. Il n'est plus l'homme qui me parlait pendant des heures. Il a perdu la foi, il ne croit plus en moi. Il dit que les gens se battent et meurent pour notre Palestine. Mais ces combattants de la liberté ne reviennent jamais, ni la Palestine. Il jure que tu es maintenant à Jaffa, assis près du citronnier, profitant du soleil qui disparaît dans le bleu de notre mer merveilleuse. Grand-père dit que tu ne reviendras jamais, toi non plus, car qui voudrait quitter le paradis de Jaffa ? J'aime de plus en plus les rides creusées par les années sur son visage, les souvenirs des jours anciens qui font battre son cœur affaibli.

Comme tu t'y attends probablement, j'ai posé des questions à Grand-père à propos de Thaer.

Il a tout de suite lâché :

— Thaer a refusé de mêler son souffle à ce monde sale. Il a choisi de grandir ailleurs. Ne me fais pas cette tête ridicule. Oui, les morts grandissent, mais ne crois jamais qu'ils vieillissent.

Sa réponse était encore plus déroutante que celle de Mama.

— Je ne te crois pas, ai-je répliqué, Thaer n'aurait jamais pu considérer la mort comme une option. Et qu'en est-il d'Amal ? Thaer était-il assez égoïste pour la laisser mourir ?

J'ai pleuré.

— Qui est Amal ? a demandé Grand-père avec désinvolture.

Pour une raison que j'ignore, ça m'a soulagée. J'ai souri.

— Mon amie. Tu devrais la rencontrer un jour.

Je lui ai dit que j'avais l'intention de rendre visite à tante Karama le lendemain et lui ai proposé de venir. Il a répliqué qu'il ne pouvait plus tolérer les maisons pleines d'enfants. Ce n'était pas grave. Je l'ai embrassé sur le front. Il sentait le parfum des fleurs de citronnier. Comme s'il avait planté un verger de citronniers dans ses rides profondes. Baba, comment osait-il dire que Thaer était mort ? Grand-père lui-même ne pouvait pas le croire. Je voulais fêter chaque instant ajouté à la vie de Thaer. Quelle chance de connaître la foi, car il faut en avoir en grande quantité si l'on veut guérir ! Les années peuvent représenter la longueur d'une vie, mais la foi, elle, en marque sans aucun doute la profondeur.

Le lendemain, je me suis réveillée très tôt. Pour la toute première fois, j'ai contemplé le lever du soleil. Avec la lumière tamisée autour de moi, le monde reflétait exactement mes sentiments. J'ai plongé loin, loin dans mes tréfonds, et c'est là que tout s'est mis à s'effondrer. Ce n'est pas ce que je voulais, mais je n'arrivais pas à m'arrêter. Je me demandais s'il valait la peine de mourir pour la vie dont je rêvais. J'ai pensé à tout ce que j'avais. J'avais beaucoup de choses, mais elles ne me semblaient pas nécessaires. À chaque fois que je croyais mes désirs comblés, les choses se tordaient, tournaient et s'échappaient. Je ne sentais pas ton âme autour de moi. Même quand je m'efforçais de rêver très fort à toi pour me rapprocher de toi, tu restais éloigné. Je savais que c'était à cause de Thaer. J'avais peur de m'endormir à nouveau et que l'histoire demeure inachevée. Pourtant, je savais que tu n'étais qu'à un doigt de la terminer. Que nous n'étions, toi et moi, qu'à un doigt de distance !

Puisque je ne pouvais plus attendre de savoir ce qui était arrivé à Thaer, j'ai décidé d'emprunter au soleil deux heures de son temps et de prendre sa place favorite dans le ciel éblouissant. Le temps n'avait pas encore décidé de ce qu'il voulait faire. L'air frais était trompeur, alors j'ai mis ta magnifique *kufiya* autour de mon cou et je suis sortie d'un pas ferme. Ce jour-là, j'avais confiance en la vie. Grand-père pouvait y voir de la naïveté, mais pas toi, j'en suis sûre. Il faut faire confiance à la vie.

Les gens disent: « Pour trouver quelque chose, n'importe quoi, une vérité de taille ou une paire de lunettes perdue, il faut d'abord croire en l'avantage de le trouver. » C'est tellement vrai, Baba! Rendue chez tante Karama, j'ai frappé à la porte avec impatience. J'ai attendu dehors plus de dix minutes. Personne ne répondait à mes coups répétés. J'étais sur le point de rentrer chez moi quand elle a ouvert la porte. Elle était en train de dormir. Comment pouvait-elle dormir, alors que je ne savais pas encore comment se terminait l'histoire de Thaer? Elle m'a accueillie à l'intérieur, puis elle m'a dit de l'excuser, qu'elle devait se changer.

— S'il te plaît, n'y va pas! ai-je supplié.

Elle a levé les sourcils, le visage blême:

— Qu'est-ce que tu as? Quelque chose a dû arriver à ton grand-père! Qu'est-ce qui peut bien te faire venir ici si tôt, alors que tu ne m'as pas rendu visite depuis des mois? Oh, mon Dieu! Qu'est-ce qui lui est arrivé?

Il a fallu que je la calme pour chasser ses inquiétudes.

— C'est Thaer qui m'amène de si bonne heure.

Oui, Baba, je me suis tournée vers tante Karama. Je n'avais pas le choix. Tante Karama a toujours été ta meilleure amie, et ce, depuis que tu étais si petit que tu ne savais même pas épeler le mot « Palestine ». Elle se vante sans cesse du fait qu'elle t'a appris à l'écrire correctement. Toi qui as toujours cru en la grandeur de la Palestine: P pour passion, A pour aspiration, L pour liberté, E pour existence, S pour sérénité, T pour témérité, I pour individualité, N pour nation, E pour exaltation. Ainsi l'as-tu toujours écrit sans faute! Tu l'as écrit partout où tu pouvais – sur les murs, sur les tables. Tu as gravé les lettres sur les arbres, et tu as fini par les graver dans ton cœur.

— Alors que veux-tu savoir sur Thaer? a-t-elle demandé, sa réplique aussi directe que ma question.

Le fait qu'elle connaissait Thaer a rouvert en moi le chemin de l'espoir.

— Je veux dire, qu'est-ce qui lui est arrivé à la fin? A-t-il réussi à retourner à l'orphelinat? Amal a-t-elle survécu?

Elle a choisi de ne pas répondre. À vrai dire, j'étais déçue. J'avais l'impression que tu ne faisais pas confiance à mon cœur; que tu ne voulais pas que je m'approche davantage de ton récit.

Tante est revenue vêtue de noir.

— Lève-toi! a-t-elle ordonné. Je t'emmène dans un endroit spécial.

J'ai levé vers elle des yeux pleins de larmes, et j'ai rétorqué:

— Où, dans ce coin de la planète, existe-t-il un endroit spécial?

Elle s'est mise en colère et a ajouté que je ne méritais pas de connaître Thaer si je ne croyais pas en ce coin de la planète. J'ai eu honte.

Nous sommes finalement parties. Elle m'a emmenée dans un quartier où je n'étais jamais allée. Le cœur happé par les ruelles étroites et sombres du camp, j'ai eu la sensation douce-amère que tu étais là. J'étais sûre que tu étais là. Sur le chemin de cet «endroit spécial», tante Karama n'a pas cessé de parler de chacune des familles dans le camp, des grandes douleurs qui ont marqué leur vie. Je lui ai demandé comment elle pouvait savoir tout ça. Elle a dit que notre *Nakba* n'était pas un secret. Je ne l'ai jamais autant admirée. À mes yeux, elle n'avait été jusqu'à présent rien de plus qu'une professeure d'histoire ennuyeuse. Pour la première fois, j'apprenais qu'elle avait refusé une promotion qui lui aurait assuré une position plus élevée que son poste d'enseignante de troisième année. Elle croyait en les enfants, ne pouvait pas abandonner l'espoir logé dans leurs petits cœurs purs.

— Nous y voilà ! a-t-elle annoncé.

J'étais abasourdie. C'était donc ça, « l'endroit spécial » ? Je suis restée sans voix. Tante Karama semblait envoûtée par les vestiges d'une maison brûlée. Un parfum embaumait la terre ; il m'a enveloppée et je ne pouvais pas le chasser. Le silence heureux de Tante pesait lourd sur mon cœur. Je ne savais plus où j'étais. J'étais nulle part. J'étais partout. J'étais là.

La voix suave de Tante s'est finalement fait entendre, comme si elle n'avait jamais été silencieuse.

— Mon Dieu ! Tu ne le sens pas ? Ton père a passé toute sa jeunesse ici à apprendre aux enfants comment épeler le mot « Palestine ». P pour passion, A pour aspiration, L pour liberté, E pour existence, S pour sérénité, T pour témérité, I pour individualité, N pour nation, E pour exaltation.

J'ai eu peur un instant qu'elle aussi soit devenue folle.

— Quels enfants, ma tante ? Ton « endroit spécial », c'est juste un terrain vague...

Elle a avalé ce qui semblait être une grande dose de colère et s'est tournée vers les ruines. Elle a souri. Elle a ri. Elle a pleuré. Elle a soupiré.

— Dis-moi, qu'est-ce qu'elle a à voir cette place avec Thaer et Amal? ai-je lancé, mettant fin à ses soupirs incessants.

Elle a répondu tendrement à mon impolitesse.

— Tu sais quoi, Mariam? Tu as tout gâché. Mais bon, j'ai toujours cru que l'on devait avoir une seconde chance dans la vie - même si on ne le mérite presque jamais - et qu'on en a tous besoin à un moment donné ou à un autre. Alors dis-moi, si tu pries pour le courage, Dieu te donnera-t-il le courage, ou plutôt la chance d'être courageuse? Si tu pries pour la vérité, Dieu déposera-t-il Sa vérité dans ta main, ou t'offrira-t-il plutôt la chance d'ouvrir les yeux?

— Je pense que la vie demande de faire des efforts.

— Alors ouvre les yeux, ma chérie. Regarde au-delà de la maison brûlée. Tu trouveras la réponse par toi-même. Je crois en toi. Je crois en toute personne à qui ton père a raconté l'histoire de Thaer, a-t-elle fini par dire avec un sourire en essuyant mes yeux larmoyants.

Je ne pouvais rien voir, Baba. Les blessures avaient trop aveuglé mon cœur. J'avais honte. Tu méritais une meilleure héritière.

J'ai baissé la tête. Puis, enfin, j'ai levé les yeux et j'ai souri. J'ai ri. J'ai pleuré. Les soupirs se sont succédés à la vue de l'olivier debout et bien vivant à l'extrémité de la maison brûlée: l'orphelinat. Les graines de Thaer avaient poussé.

Il ne restait rien d'autre, mais l'arbre suffisait. Pour moi, pour Amal, pour Thaer, et surtout pour toi, mon cher Baba.

Quand l'obscurité prévaut, je m'assois près de la fenêtre pour regarder au loin toutes ces maisons sans électricité, humer le doux parfum d'une nuit calme à Gaza, sentir l'air frais souffler sur mon cœur, et penser à toi, à moi, à la Palestine, à l'orphelinat, à l'olivier, à toi, à Amal, à Mama, à toi, à mon livre d'histoire, à tante Karama, à toi encore, à Dieu, à la Palestine toujours, à l'histoire de Thaer.

UN JOUR DE GUERRE

Mohammed Suliman

Traduit par Karim Kattan

Comme à son habitude, Hamza était adossé au mur blanc, que ses petits neveux, nièces et cousins venaient de salir avec leurs mains, et qui était traversé de fissures de différentes longueurs, à l'aspect lugubre. Il luttait contre toutes ces pensées insidieuses qui l'envahissaient de temps à autre, comme si elles conspiraient avec les rafales intermittentes à troubler son esprit au moment même où celui-ci se tranquillisait suffisamment pour pouvoir continuer sa lecture. Ces pensées, se disait-il, étaient sa propre création ; elles étaient le fruit de son imagination. Par conséquent, elles ne hantaient que lui ; elles existaient seulement pour l'empêcher de lire son livre.

La lumière de la bougie vacillait, et son ombre sur le mur faisait de même, tandis qu'une brise douce et fraîche entrait par les fenêtres légèrement entrouvertes. La mère de Hamza, une femme d'une quarantaine d'années avec un grain de beauté sur le nez, veillait à les ouvrir avant que tout le monde ne s'endorme – pour éviter qu'elles ne soient réduites en éclats, dans le cas où une explosion se produirait à proximité.

Hamza, son livre en lambeaux ouvert au creux de ses mains chaudes, continua à lire ce texte qui avait autrefois obsédé son père. Il leva les yeux, regarda par la fenêtre ouverte et annonça :

— Ils peuvent nous ôter nos vies, mais ils ne nous ôteront jamais notre liberté.

Il ne savait pas exactement ce qui avait amené ces mots à son esprit, mais il les répéta une deuxième fois, tout en essayant de contenir son enthousiasme pour ne pas réveiller son frère unique, Jihad, de sept ans son cadet, qui dormait à proximité. À peine Hamza eût-il prononcé le « té » de « liberté » qu'une explosion secoua les alentours. Le silence se transforma d'un coup en tonnerre fracassant. Hamza, instinctivement, serra le livre plus fort entre ses mains. Son cœur battait comme s'il allait faire exploser sa poitrine de l'intérieur.

Hamza tourna immédiatement la tête : Jihad bougea dans son sommeil et fit tomber les draps de son lit. Le grand frère se leva, remit les draps sur le cadet, puis retourna à son livre. Il fixa son regard sur les lignes, s'efforçant de comprendre ce qu'il voyait. Mais plus il tentait de se concentrer, plus ses mains se resserraient sur le livre, et plus les ténèbres s'élevaient autour de lui. Il s'endormit bientôt.

Personne ne pouvait deviner ce qui le faisait sourire dans son sommeil. Personne ne pouvait se douter que c'était seulement une fois assoupi qu'il avait accès à toutes ces choses qui lui apportaient soulagement et bonheur, qu'il pouvait posséder ce dont il était toujours privé quand il ne dormait pas. Il était entouré de ses neveux, nièces et cousins, qui chuchotaient tous. Ils restaient chez lui avec leurs familles pendant la guerre, et maintenant ils se chamaillaient pour voir qui pourrait s'approcher le plus près du corps endormi d'Hamza et réussir à toucher sa barbe piquante. Hamza ouvrit les yeux sur des visages innocents et joyeux, aux sourires taquins. Il bâilla, s'étira, son livre à côté de sa tête, à moitié caché sous l'oreiller, et sourit aux enfants avant de leur demander de quitter la pièce.

— Allez, les gars, allez jouer ailleurs, marmonna-t-il en tirant la couverture.

Le soleil inondait la pièce par les fenêtres grandes ouvertes. C'était la première chose que sa mère faisait quand elle se levait. Elle avait hérité de cette habitude de sa mère à elle, sans savoir exactement ce que cela signifiait de faire ça le matin, avant toute autre chose. Peut-être s'agissait-il de redonner vie à leurs visages; peut-être que les fenêtres étaient les premières choses qu'elle apercevait; ou peut-être pour aérer et se débarrasser des odeurs désagréables. La lumière rendait les taches sur le mur distinctes et éclairait les morceaux de cire amassés sur le chandelier terni.

Jihad voyait que les plus jeunes s'amusaient et leur fit signe de revenir. Sa petite nièce, au visage d'ange, s'approcha furtivement d'Hamza qui était toujours endormi, et dont le sourire n'avait pas encore disparu. Elle avança sur la pointe des pieds, ses yeux pétillaient, cachant son sourire du revers de la main. Elle se plaça près de la tête de son oncle. Les petits n'arrivaient plus à retenir leurs rires, qui devinrent des gloussements nerveux. Hamza bougea, tandis que la petite fille, dont la silhouette cachait le soleil, tendit les mains pour toucher la barbe du jeune homme.

Le silence régnait dans la pièce et les petits cessèrent enfin de rire, observant attentivement leur camarade triompher de la barbe de l'oncle. La petite fille fixait sans ciller son regard sur sa cible tandis que ses mains s'approchaient doucement du visage d'Hamza. Une soudaine detonation secoua les environs. La fillette sursauta et retira précipitamment ses mains. Elle fit une moue et éclata en sanglots. Hamza bondit, paniqué. Il se précipita vers les fenêtres, se ressaisit ensuite et enlaça sa nièce préférée.

Hamza se dit qu'il n'aurait aucune difficulté à raconter des histoires à ses enfants, s'il devenait père un jour. Il se tenait près de la fenêtre et réfléchissait aux événements des derniers jours. *Une semaine! Oh, le temps passe si lentement...* murmura-t-il en posant sa tête dans ses mains appuyées sur le rebord de la fenêtre. Il contemplait la rue vide en dessous. Cette rue si vive autrefois. Soudain, pris d'un léger malaise, il leva les yeux. La vue du ciel bleu, parsemé de quelques nuages légers en mouvement, l'apaisait; cela lui remonta le moral. *Au moins, toi, tu as un peu de vie*, murmura-t-il de nouveau, baissant la tête.

La rue n'était pas complètement déserte; deux chiens errants trottaient, la langue pendante et la queue battante. Hamza, enchanté, ouvrit la bouche pour les appeler. Il voulait dire quelque chose, les attirer à lui, et pendant un instant, il ressentit sincèrement l'envie d'aboyer. Mais ce désir ne dura pas longtemps. Il releva la tête; le bruit des hélicoptères au-dessus était difficile à ignorer. Il observa les deux appareils fendre les nuages tandis que les deux chiens en bas restaient plantés au milieu de la rue. Tout en surveillant les hélicoptères dans le ciel et les chiens en bas, Hamza méditait sur son propre état et sur l'exaspérante différence entre lui, le ciel et la terre. Il avait une capacité inégalée à sonder les événements autour de lui, et les petits incidents qui semblaient insignifiants pour les autres l'inspiraient, à un point tel qu'il ne remarquait pas quand sa mère l'appelait pour venir déjeuner, « sinon, Jihad et les enfants te voleraient ton repas », disait-elle en plaisantant.

Il faisait de plus en plus sombre. La lecture devenait difficile. Le soleil se couchait paisiblement, apportant une nouvelle vie à d'autres gens. Hamza, plongé dans l'obscurité, peinait à déchiffrer les lignes sombres devant lui. Il lui était venu à l'esprit plus tôt que tant que nous cherchons la vie, nous pouvons la trouver, et qu'elle est souvent plus proche que nous ne l'imaginons. Il y a de la vie à vivre même parmi les ténèbres ; Hamza n'avait pas manqué de la voir, elle était là, devant lui. *Tout le monde s'est endormi. Voilà une autre chose dont je peux être fier*, pensa-t-il, détendu. Il parcourait la page, laissant ses pensées vagabonder. Les craquements occasionnels de la porte la plus éloignée ne parvenaient pas à le distraire de ses profondes réflexions. *Eh bien, j'ai vraiment de quoi être fier !* se dit-il avec une pointe de satisfaction.

Puis, soudain, la voix basse de son frère Jihad se fit entendre :

— Hé, t'es encore debout ?

Hamza resta silencieux un moment.

— Oui, je lis juste quelques pages avant de dormir, chuchota-t-il en souriant à son frère.

— Ouais, je sais, répondit Jihad.

Il s'approcha, sa couverture traînant sur le sol, et s'assit à côté de Hamza. Ce dernier continua de parcourir son livre, ses jambes à moitié nues, car le bas de son pantalon était remonté jusqu'aux genoux. Jihad tira la couverture pour couvrir les jambes de son frère. Il avait le sentiment qu'elles étaient menacées, sans savoir pourquoi. Couvrir ses jambes pourrait aider Hamza à se concentrer, ou du moins à se sentir plus à l'aise.

Même pendant les moments paisibles, Jihad craignait l'obscurité. Il détestait le silence et ne supportait pas d'avoir froid. Lorsqu'il était seul, il évitait ces trois choses, mais en présence de Hamza, il les bravait en riant. Il tourna la tête vers Hamza ; celui-ci ne bougeait pas. Un courant d'air frais leur caressait le visage. Jihad ressentit le besoin pressant de rompre ce silence qui le troublait. Il interrompit la lecture de son frère et déclara d'une voix claire et forte :

— Je n'irai pas à l'école quand la guerre sera finie.

Hamza baissa les yeux pour rencontrer ceux de son frère.

— Vraiment ? dit-il, les yeux écarquillés de surprise.

— Oui, ils disent que ça va être une semaine libre, rétorqua Jihad. Et de toute façon je sais déjà ce qu'ils vont nous raconter, donc je vais juste rester à la maison.

Ses yeux brillaient dans l'obscurité.

Hamza n'était pas surpris par la déclaration de son petit frère.

— Je vois, tu n'as donc pas besoin d'y aller. Mais tu ne vas pas passer cette semaine à jouer, n'est-ce pas ? Je t'apporterai deux autres histoires. Qu'en dis-tu ? proposa Hamza avec un large sourire.

Jihad et Hamza échangèrent un regard, puis, ignorant le froid et l'obscurité, Jihad répondit joyeusement :

— Oui, je lirai tout ce que tu m'apporteras !

Rassuré, et en sécurité sous sa couverture, il s'endormit bientôt. Enveloppé par la fraîcheur de la nuit, Hamza pensa à l'avenir radieux qui attendait Jihad. À voix basse, il jura de faire tout son possible pour que cela se réalise.

Hamza passa la nuit le livre sur les genoux, ses mains tournant les pages une à une. Il ne s'était pas douté un instant qu'il aurait une telle persévérance : une nuit entière à lire, en la seule compagnie de l'obscurité et du souffle de son jeune frère. Une nuit entière à satisfaire sa faim de mots, qu'il dévorait sans relâche. Les mots lui insufflaient une nouvelle vie.

Quelques heures plus tard.

Hamza lutta pour ouvrir les yeux. Il échoua à la première tentative, mais persista. Il échoua une deuxième fois. Le sourire qui ne quittait jamais ses lèvres pendant son sommeil se tordit en une grimace, celle qu'il adressait aux autres lorsqu'ils testaient les limites de sa volonté.

Hamza réussit enfin à ouvrir les yeux. Des silhouettes floues oscillaient devant lui, se balançaient dans tous les sens, de haut en bas, de droite à gauche. Puis, les images se stabilisèrent et il put distinguer quelques visages inconnus.

Il fixa son regard sur eux: des chirurgiens masqués l'entouraient, et, de chaque côté, des instruments médicaux épars, tels que des aiguilles, des scalpels, des bistouris et des seringues. Il était dans une salle, mais de quel type de salle ? Et qui étaient ces personnes qui le regardaient avec curiosité ? Hamza essaya de poser la question, mais à peine eut-il ouvert la bouche qu'une douleur lancinante envahit sa poitrine et l'arrière de sa tête.

Il referma les yeux et tenta de se remémorer les derniers moments qu'il avait vécus avant de se retrouver dans la salle d'opération.

— Par ici, allez, vite ! J'en ai trouvé un autre !

Les mots résonnaient encore dans ses oreilles. Au milieu du tumulte, Hamza s'était senti soulevé sous les décombres, sa tête pendante, ses mains égratignées. Les sirènes des ambulances retentissaient et l'air froid frappait son visage tandis que les bras qui le portaient l'avaient poussé inconfortablement dans les côtes et emmené vers l'une des ambulances.

À travers une fissure dans les ruines, Hamza avait aperçu Jihad. Son petit corps allongé, serein.

Sa main calcinée reposait immobile sur son livre en lambeaux.

ÉPARGNÉE

Rawan Yaghi

Traduit par Elias Sanbar

Pas d'électricité, pas de devoirs pour l'école, nous nous ennuyons à la maison. Mes voisins et mes copains sont sortis pour un match de foot. Je n'ai pas la permission de sortir. Le déjeuner préparé par ma mère est quasiment prêt. Au balcon, je regarde mes amis se faire des passes et jouer aux footballeurs célèbres. Bras déployés telles les ailes des aigles, ils courent dans tous les sens en hurlant « Gooooaaaal ! ». Je me tiens là, à applaudir, chaque fois qu'Ahmad, mon meilleur ami, marque un but.

Ce déjeuner dure une éternité ! Je me retourne, Maman est en train de dresser la table. Elle me regarde et sourit, paisible. Elle sait combien je voudrais sortir, que je suis là parce qu'elle me l'a demandé.

— Maman, viens ! Dépêche-toi ! Ahmad marque tous les buts.

— C'est quasiment prêt ma chérie. Tu ne pouvais pas jouer l'estomac vide, non ? me dit-elle gentiment.

La mine renfrognée, je reviens au grand match. Le menton posé sur la rampe du balcon, les bras ramenés dans mon dos, je garde les pieds posés sur le petit escabeau en plastique bleu posé à cet effet par ma mère. Elle dit que je n'ai pas besoin de plus de dix centimètres pour voir la rue. Plus haut, cela mènerait à une tragédie à laquelle nul, de la famille ou du voisinage – et encore moins moi –, ne voudrait assister. Elle a l'habitude de me terrifier avec ses histoires d'enfants qui, grimpant sur les balustrades des balcons, finissent dans la rue, les os fracturés. Plus jeune, mon petit cerveau gobait bien entendu chacune de ses paroles et je prenais toujours soin de ne pas pencher ma tête et mes bras quand je grimpais sur le précieux escabeau. Profitant d'une pause pendant le match, Ahmad lève les yeux vers moi et fait un signe interrogatif de la main. Je secoue la tête et crie :

— Pas encore !

Les enfants rient et retournent à leur partie.

En une fraction de seconde un flash lumineux explose devant mes yeux. Je suis projetée contre le mur de la cuisine avant de m'étaler au sol. Des briques tombent des murs, immédiatement suivies de bris de verre. Genoux et mains tremblantes, je ne peux me remettre debout. J'entends un son étrange et dérangeant, tel un sifflement ininterrompu, et j'étouffe à cause de la fumée. Ma mère se précipite, hurlant, hystérique. Elle tâte chaque partie de mon corps, s'assurant ainsi que je suis indemne, et me prend dans ses bras. Mais je n'en ai cure, je veux savoir ce qu'il est advenu de mes amis. Ma mère se redresse et me porte à l'extérieur de la maison de plus en plus enfumée. Mes mains tremblent, je n'arrive pas à me faire à l'idée que mes amis jouaient il y a quelques secondes dans cette même rue. Debout au milieu de la rue, essayant d'inspirer un peu d'oxygène, ma mère et moi n'arrivons qu'à gober un air chargé de poussière de ciment que nous recrachons en toussant.

Quand la fumée commence à se dissiper, nous arrivons enfin à respirer. L'air sent le feu d'artifice. C'est alors que ma mère réalise que nous nous tenons là où se déroulait le match. Elle ne sait où se diriger et effectue des cercles sans fin, tenant ma tête posée sur son épaule, plaquée au creux de son cou.

Mes amis gisent au sol. Projeté sur son cousin, Ahmad a le crâne ouvert. Ma tante, Um Ahmad, le voit également depuis leur maison et se met à hurler. Ma mère me serre aussi fort que ses bras écorchés le lui permettent. Um Ahmad se précipite dans la rue, court en hurlant et en pleurant, et porte son fils vers les ambulances dont les sirènes retentissent. Elle ne peut cependant parcourir que quelques mètres avant de s'écrouler. Accouru derrière elle, le papa de Ahmad prend son fils et commence à courir. Il ne peut non plus aller très loin et tombe. Je pleure, hystériquement, tout comme ma mère. Elle me tire en arrière pour que je ne m'approche pas davantage de mes amis et me couvre les yeux de ses mains, afin que je ne voie pas toute la chair éparpillée çà et là.

Des hommes portent le corps pantelant de Ahmad en direction d'une ambulance. Ils amènent ensuite sa mère chez des voisins. L'oncle Abu Ahmad est au milieu de la rue, entouré d'hommes qui évacuent les blessés et déblaient les débris laissés par l'explosion. Il se tient là, fixant le sang de Ahmad et les lambeaux de son cerveau sur l'asphalte. Mon père et d'autres hommes essaieront de l'en éloigner, mais il résiste. Plus tard, je serai évacuée vers un hôpital, car on se rendra compte que je suis également blessée.

Ahmad est parti. Tous les jours, à l'école, les autres enfants me hantent de leurs regards culpabilisants. Je n'arrive pas à les regarder. Membres amputés. Visages marqués. Démarches boiteuses. Notre voisinage a été pulvérisé en une seconde. Plus de matchs. Plus de goals. Plus d'applaudissements. Mes amis ont grandi en une seconde. Ils ne me regardent plus comme ils en avaient l'habitude avant ce jour affreux. Ils ne sortiront plus jouer. Ils ont désormais un regard lointain, comme celui de l'oncle Abu Ahmad. Comme si je ne comprenais pas, comme s'ils savaient quelque chose que je ne sais pas, comme si j'avais fait quelque chose de mal.

CANARI

Nour Al-Sousi

Traduit par Sabyl Ghoussoub

Le soleil était à son zénith. Il faisait une chaleur torride.

Il s'assit sur un banc en bois au milieu d'un parc, tel un étranger perdu dans un aéroport. Il regarda les lignes de ses mains comme s'il les voyait pour la première fois, comme s'il venait de se réveiller et tentait de comprendre ce qui l'entourait. Il scruta le parc nerveusement, remarqua un petit vol d'oiseaux dont il ne reconnaissait pas l'espèce et s'en désintéressa. Un enfant, pour impressionner sa mère, dribblait avec un ballon comme un joueur de football. Il sourit. Il avait une sensation de déjà-vu. La scène lui en rappela une autre.

Lui, petit garçon, suppliant sa mère de l'emmener avec elle afin qu'il puisse porter les choses lourdes. Il voulait lui montrer qu'il était assez grand pour soulever les fournitures de l'ONU qu'elle et son frère apportaient à la maison.

Elle se retourna et lui sourit. Son sourire réduisait les rides de la misère sur son visage. Désespéré, il s'agrippa à l'ourlet de sa robe.

— Je veux venir avec toi, insista-t-il, en réprimant un sanglot. Je veux venir comme Ghassan.

— Maman, il est assez grand pour porter. Il a soulevé deux des trois chaises hier, argumenta Ghassan en soutien à son petit frère.

— D'accord, tu viendras peut-être une prochaine fois, mais aujourd'hui tu restes à la maison, répondit sa mère.

Deux larmes coulèrent quand il les vit partir. Il se résigna à les attendre dehors, tout en essayant de se convaincre que c'était la bonne chose à faire. Quelqu'un devait rester à la maison, après tout. La promesse de sa mère lui donnait de l'espoir, et le soutien de Ghassan lui remontait le moral. Au moins, son grand frère croyait en lui.

Sa mère revint vers midi. Elle portait un sac de farine blanche à rayures bleues. Ghassan la suivait ; il se débattait avec deux sacs en plastique qui devaient les faire tenir dans les semaines à venir. Il courut vers eux et fit signe à Ghassan de le laisser porter les deux sacs. Ghassan lui en donna un seul, le plus léger ; il ne voulait pas voir son frère ne pas y parvenir. Il porta le sac avec sa main gauche, puis avec sa main droite, puis avec sa main gauche encore. Quand ses mains furent fatiguées, il serra fort le sac. Il ne voulait pas le lâcher ; il ne voulait pas laisser tomber son frère.

Elle le regardait de loin, examinait les expressions de son visage qui lui paraissaient étranges et pourtant familières. Elle marchait dans le parc sans le quitter des yeux, formant un cercle autour de lui. Elle pensait y voir plus clair si elle l'inspectait de tous les côtés. Ce fut un échec. Un enfant sautillait entre elle et lui ; il jouait devant sa mère qui était fière de lui, il lui montrait ses talents en football. Elle secoua la tête. Elle s'était déjà trouvée dans une situation similaire, tellement similaire qu'elle avait une impression de déjà-vu.

Elle, petite fille dans sa maison froide, essayant de faire plaisir à sa mère, la suppliant de rester. Elle se sentait si solitaire. Seuls les nombreuses poupées et son ours en peluche dans sa chambre la réconfortaient. C'était son monde, là où elle retrouvait l'espoir. Sa mère quittait la maison pour revenir à l'aube, avec un nouveau petit ami.

Le soleil était à son zénith. Il faisait une chaleur étouffante.

Il reposa sa tête contre le banc, consulta sa montre et ferma les yeux pour les soulager de la chaleur. Il avala sa salive pour étancher sa soif et s'efforça à penser à quelque chose de rafraîchissant. Les cheveux dorés attirèrent son attention. Elle était petite et l'uniforme militaire la faisait paraître encore plus petite. Elle était magnifique, il ne pouvait pas le nier. Il la regardait faire le tour du parc. Il se dit: « Peut-être qu'elle est de Bologne. Serais-je capable de l'aimer si elle était une touriste? » Le bruit du trafic et des gens envahit ses pensées, déterrant les souvenirs.

Il courait avec son frère vers le camion de l'UNRWA qui apportait de l'eau fraîche. Le camp n'avait pas eu d'eau pendant des jours. Ils firent la queue une heure ou presque, remplirent deux jerricans, les soulevèrent sur leurs épaules et rentrèrent chez eux à la lisière du camp en titubant. Attiré par le chant d'un oiseau, il posa le jerrican et voulut poursuivre l'oiseau, un passe-temps que son frère et lui pratiquaient quand leur mère s'absentait.

— C'est un canari ! Je l'ai vu en premier. Je te l'apporte si tu m'attends ici, dit Ghassan.

Le canari s'envola dans les buissons de la colonie juive voisinc. Il suffit d'un coup de feu. Son frère et le canari se turent à jamais, sous ses yeux.

Elle observait le jeune homme qui gardait les yeux fermés, il se détendait sur le banc, comme s'il ne se souciait de rien. Elle se demandait à quoi il pensait au milieu de tout ce bruit. S'il attendait sa *date*. Frappée par l'éclat du soleil, elle décida de faire à nouveau le tour du parc. Elle le scruta encore une fois et remarqua soudain l'étoile de David pendue à une chaîne autour de son cou. Elle détourna le regard, aveuglée pour le bijou qui étincelait sous le soleil. Elle avait l'impression de devenir folle, que son cerveau s'était évaporé sous l'effet de la chaleur. Elle aurait tant voulu que ce soit cllc la fcmmc qu'il attendait. Cet état de rêverie, au lieu de la décourager, éveillait l'amour en elle. Elle se réfugia sous l'ombre d'un arbre et s'efforça de penser à quelque chose de rafraîchissant. Les paupières closes, elle l'imagina dans une baignoire d'eau froide, l'eau dégoulinant de ses cheveux, de son nez et de ses oreilles. Son visage la perturbait, il était son genre même si elle ne savait pas ce qui l'attirait exactement. Elle sentait qu'elle devait aller lui parler. Son dernier petit ami lui revint à l'esprit. C'était il y a longtemps : un peu avant qu'elle ne soit recrutée par l'armée. Ce n'était pas facile pour eux de rester ensemble alors qu'ils étaient déployés dans des endroits totalement différents. Il aurait pu faire plus d'efforts, se dit-elle.

Le soleil était à son zénith, l'air pesant.

La sueur coulait doucement de son front à ses tempes. Il l'essuya de la main gauche. Il ouvrit les yeux et regarda autour de lui. À son grand soulagement, la mère et son fils étaient enfin partis. D'autres soldats se rassemblaient pour la pause déjeuner à l'endroit habituel. Jusque-là, tout se passait comme prévu. La ceinture l'étouffait, ses mains étaient moites.

La sueur coulait encore, mais il devait se concentrer, y voir clair. Il se sécha les mains, essuya son front, vérifia le chronomètre dans sa poche droite, réajusta sa lourde veste et la rapprocha de son corps comme si l'hiver arrivait brusquement. Il vérifia à nouveau l'heure, presque treize heures dix.

Elle ouvrit les yeux et, le voyant sur le point de se lever, décida sur un coup de tête d'aller lui parler. C'était sa dernière chance. Elle avait perdu tant d'occasions parce qu'elle n'avait pas été assez audacieuse. Pas cette fois-ci, pensa-t-elle. Elle se dirigea vers lui.

Alors qu'il levait la tête pour examiner la zone une dernière fois, ses pires craintes se matérialisèrent. La petite blonde en kaki et bottes militaires noires, mitraillette dans le dos, queue de cheval dansant derrière elle, s'élançait vers lui. Il se leva, transpirant, paralysé. Il ne parvenait pas à mettre la main dans sa poche pour attraper la gâchette. Elle accéléra le pas. À deux mètres de lui, elle s'arrêta à son tour, s'essuya le front du revers de la main gauche. Une goutte de sueur coula le long de sa joue gauche jusqu'à son cou. Il frémit. Elle cligna des yeux.

Le soleil était à son zénith. Brûlant.

L'étoile de David autour de son cou, sa veste d'hiver, son allure arabe ! Elle eut le vertige. Tout s'expliquait ! Comment n'avait-elle pas compris ? Elle sortit son M16 et lui planta le canon sur le front. Elle lança l'alerte aux soldats israéliens sur son talkie-walkie sans bouger, transpirant à grosses gouttes.

Leurs regards se croisèrent. La peur emplissait l'air, la frustration aussi. Elle avait le doigt sur la gâchette. Il avait le doigt sur la gâchette.

La mort les emporta tous les deux.

LES ARBRES DE MON PÈRE

Sarah Ali

Traduit par Hemley Boum

À mon papa

J'ai vu dans ses yeux remplis de larmes quelque chose qui ressemblait au bonheur et j'ai souri. Mon père était enfin de retour, il n'était désormais plus l'étranger que j'avais peiné à reconnaître au cours de ces trois dernières années. Cette silhouette absente et silencieuse qui sans cesse fixait le mur et hochait distraitement la tête à chaque fois que l'un de nous lui adressait la parole.

Il était là, il était présent. Il m'écoutait tandis que je continuais de me vanter d'une de mes bonnes notes. Un coup de fil, puis un morceau de papier signé d'une institution parrainée par la Turquie nous avaient ramené mon père. De crainte que ma première impression ne m'ait trompée, j'ai à nouveau regardé ses yeux, cette fois plus attentivement. J'y ai vu un bonheur absolu et un grand sourire est apparu sur mon visage.

Aujourd'hui, lorsque nous commémorons la Journée de la Terre, nous rendons hommage à ceux qui ont lutté pour leur terre en 1976. Israël avait annoncé que des milliers de *dunums*[3] palestiniens seraient confisqués. Six personnes ont été tuées au cours des manifestations organisées contre cette déclaration. Le 30 mars, je pense toujours à notre terre. À la terre de mon père.

Il y a quelques semaines, nous avons reçu un appel téléphonique nous informant que le nom de mon père avait été retenu pour un programme de reconstruction financé par la Turquie. Le programme proposait d'aider les fermiers de Gaza à recultiver les terres dévastées lors de l'offensive israélienne de 2008. Il leur fournirait tout type de matériel: haies, boutures d'arbres, semis, semences, système d'irrigation. Mon père refusait alors de postuler auprès d'organisations qui accordaient des compensations financières aux fermiers. Comment aurait-il pu accepter de l'argent en échange de sa terre? Or, contrairement aux autres programmes d'aide, celui-ci ne proposait pas d'argent: il fournissait aux fermiers le nécessaire pour reconstruire eux-mêmes leur terre.

Bien qu'il soit né d'une famille d'agriculteurs, mon père n'a pas suivi cette voie. Il a étudié l'économie et les sciences politiques en Égypte, puis a passé une bonne partie de sa jeunesse à couvrir les enjeux économiques et politiques comme journaliste-chroniqueur dans les quotidiens du Koweït. Mais à son retour à Gaza, il a dû se charger du lopin de terre que son grand-père lui avait légué des années auparavant. Ce n'était pas un problème pour lui.

3. Terme d'origine turque qui signifie «tourner». Il représentait la quantité de terrain qu'un homme pouvait labourer en un jour. En Jordanie, au Liban, en Palestine, Israël, Turquie, Arabie saoudite, il vaut 1000 m².

Petit à petit, la terre était devenue plus qu'un métier ; c'était une passion, l'une des rares choses qui l'intéressaient, et il y consacrait ses journées entières. La terre était son paradis.

Durant les vingt-trois jours qu'a duré l'attaque israélienne sur Gaza, nous recevions sans arrêt les nouvelles des terres broyées par les bulldozers israéliens. On nous a dit que des milliers d'arbres avaient été détruits, que les arbres de mes oncles avaient été détruits, que nos arbres avaient été détruits. On nous a dit qu'à Shagar, tout le district des terres agricoles de l'Est avait été détruit. Mais mon père refusait de le croire, ce n'était que des rumeurs, se disait-il.

Nous conservions l'espoir que notre terre était intacte, épargnée. Les arbres des autres pouvaient avoir disparu, mais pas la beauté sans égale de nos oliviers. Certainement pas ces arbres qui étaient la seule chose dont disposait mon père pour prouver qu'il n'était pas moins Gazaoui que ceux qui lui reprochaient constamment – pour reprendre leurs termes – « d'avoir imprudemment quitté le pays de l'or noir », où ils s'imaginaient qu'il nageait tous les jours dans les gisements de pétrole koweïtien, « pour venir s'enterrer ici ». Ici avec un petit i. Mon père voyait les choses autrement. Ici, pour lui, c'était le pays d'*al-zait al-muqaddas* : le pays de l'huile sainte.

Le ciel de Gaza a retrouvé sa couleur bleue. Tout était terminé. Les nouvelles nous ont informés que tout était terminé. Mon père y est allé. Il est allé voir la terre. Il avait mis toute sa foi dans l'espoir que ses oliviers seraient une exception, alors il y est allé. Il avait cru en la petite lueur dans le cœur du conducteur de bulldozers, celle qui se serait émerveillée de la beauté de nos terres. La bonté innée en chaque homme lui aurait interdit d'écraser cette terre. Mon père avait foi en la bonté de l'homme, alors il y était allé. Il croyait en Dieu et il s'y est rendu. Mon frère l'accompagnait. Celui-ci nous a raconté plus tard ce qu'ils avaient vu. Les terres en ruine, les arbres morts rasés par les bulldozers, si nombreux qu'ils semblaient destinés à couvrir les besoins en chauffage des familles pour les années à venir. Mon frère nous a dit que notre père s'était mis à pleurer en voyant les gens pleurer. Ils avaient continué leur chemin et vu d'autres arbres abattus, vaincus. Ils avaient continué leur chemin.

Voilà ce qu'il restait alors du paradis. Le spectacle de notre terre n'était pas plus choquant que les autres. Pour dire simplement les choses, nos arbres ne faisaient pas exception, ils avaient eux aussi disparu. Un sentiment de souffrance mêlée à du déni régnait sur les lieux. J'ai vu la foi de mon père se briser en morceaux face au monde devenu soudain si laid.

L'un de nos arbres, qui serait plus tard le sujet de conversation de tout le voisinage, était toujours debout. La semaine précédant les attaques, mon père avait dit à mon frère que cet arbre était trop incliné et qu'il fallait s'en débarrasser. Ils avaient prévu de le couper. Ironie du sort, c'est le seul arbre que l'armée israélienne a épargné (par ennui ou par pitié, je ne saurais dire, mais il était toujours là). Plus tard, mes cousins, dans une tentative de consoler mon père, ont tourné la situation en dérision : « Comment diable ces soldats ont-ils su que vous aviez de toute façon l'intention de couper cet arbre, pour qu'ils décident de ne pas y toucher ? » Tout le monde riait sauf mon père. Sa terre et ses oliveraies n'étaient pas un sujet de plaisanterie.

Lorsqu'ils sont rentrés ce jour-là, mon frère nous a raconté ce qu'ils avaient vu. Il nous a dit que les arbres avaient été déracinés. « *Al-shajar tjarraf* », répétait-il sans cesse. Mon père pleurait dans sa chambre. Son quotidien est devenu immuable dans les semaines qui ont suivi cette incursion : le matin, il priait et lisait le Coran ; la nuit, il pleurait.

Pendant et après l'offensive israélienne, parler de la terre, des maisons et des pertes financières en général aurait semblé égoïste et indécent. Lorsque les gens meurent, vous ne parlez pas de votre belle maison qui a été rasée. Lorsque certains perdent leurs jambes, leurs bras et sont handicapés pour le reste de leur vie, vous ne parlez pas de votre belle voiture qui autrefois ressemblait à un vase ornant votre modeste quartier et qui aujourd'hui n'est plus qu'une épave grise. Face à des mères qui enterrent leurs enfants sans avoir pu leur dire adieu, vous ne parlez pas de votre terre, de vos arbres impitoyablement déracinés. Ces gens parlent et pleurent encore et encore. Et vous écoutez. Puis vous pleurez en silence sur votre petite, insignifiante misère. La détresse de mon père, sa douleur étouffée n'en était que plus terrible.

Il n'y a pas longtemps, je suis allée voir mon père pour obtenir des informations précises sur les arbres déracinés, leur nombre et leur âge.

— Pourquoi tu me demandes ça ? Tu veux faire appel à l'une de ces institutions caritatives qui offrent de l'argent et un sac de farine au lieu d'aider les gens à replanter leurs arbres ? Nous n'avons pas besoin d'elles ! Le type que j'ai rencontré dans le cadre du programme de reconstruction m'a appelé la semaine dernière et ils ont déjà envoyé des ouvriers et des agriculteurs pour commencer le travail. Et toi, tu demandes la charité ?

— Non, Baba ! J'écris un texte pour mon blogue, c'est tout.

— Un blogue ? D'accord, même si j'ignore ce que ça signifie !

— Alors, combien d'arbres ont été déracinés ? Cent quatre-vingts oliviers, je suppose et...

— Cent quatre-vingt-neuf oliviers. Cent soixante citronniers. Quatorze goyaviers ! a hurlé mon père, furieux de mon manque de précision.

J'ai baissé la tête, embarrassée, en me demandant pourquoi je m'infligeais ce châtiment. Il a renchéri, coupant court à mes pensées :

— La prochaine fois, avant de faire je ne sais quoi, tâche de te souvenir des chiffres justes !

Je n'ai rien répondu.

— Tu m'entends ? Il s'agissait de cent quatre-vingt-neuf oliviers. Pas cent quatre-vingts. Ni cent-quatre-vingt-un. Même pas cent quatre-vingt-huit. Cent quatre-vingt-neuf oliviers.

Il a quitté la pièce quelques minutes plus tard, me laissant submergée de culpabilité.

Je ne comprendrai jamais qu'un soldat israélien ait pu détruire cent quatre-vingt-neuf oliviers sur une terre qu'il prétendait être un don de Dieu. Ne craignait-il donc pas la colère de Dieu ? Ne s'est-il pas aperçu qu'il était en train de détruire un arbre ? Si un bulldozer palestinien avait été inventé (ha ha, je sais !) et que je m'étais retrouvée avec lui dans un verger, à Haïfa par exemple, jamais je n'aurais déraciné un arbre planté par un Israélien. Aucun Palestinien ne le ferait. Pour les Palestiniens, l'arbre est sacré, de même que la terre qui le porte.

Tandis que je parle, je me souviens que Gaza n'est qu'une petite partie de la Palestine. Je me souviens que la Palestine est plus grande que Gaza. La Palestine, c'est la Cisjordanie ; la Palestine, c'est Ramallah ; la Palestine, c'est Naplouse, Jenine ; la Palestine, c'est Tulkarem, Bethléem ; la Palestine est plus vaste encore, c'est Yafa, Haïfa, Akka et toutes ces villes qu'Israël voudrait nous faire oublier.

Je réalise aujourd'hui que ce n'est pas l'appel téléphonique qui a ramené mon père à la vie, ni même le document signé par un organisme humanitaire. C'est l'espoir de la renaissance de la terre. Le souvenir du sentiment de bien-être qu'il éprouvait assis sous ses oliviers, profitant de leur ombre tandis qu'ils le protégeaient des rayons brûlants du soleil. Le souvenir de l'huile dorée, la meilleure, la plus pure, versée dans des jerrycans afin d'être offerte à la famille et aux amis comme cadeau précieux. Le souvenir de longues années passées à chérir la terre, des années de don et d'appartenance.

Un lien indissoluble unit mon père à sa terre, et les Palestiniens à leur terre. Israël, en déracinant les plantes, en abattant sans répit les arbres, tente de briser ce lien et d'imposer ses propres règles, qui relèguent les Palestiniens au désespoir. En replantant avec acharnement les arbres détruits - leurs arbres - les Palestiniens font un pied de nez aux règles israéliennes. « Ma terre, mes règles », m'a dit mon papa.

MAL DE DENT À GAZA

Samiha Olwan

Traduit par Antoinette Tidjani Alou

Je me suis réveillée avec la même rage de dents, dont la douleur me transperçait le sommet du crâne depuis deux jours déjà. Je ne pouvais ni étudier ni manger. Le pire, c'est que je ne pouvais pas dormir non plus. Chaque partie de mon corps souffrait à sa manière. Du coup, je n'avais pas le choix. Il fallait que j'aille chez le dentiste. J'avais essayé de l'éviter, mais maintenant c'était trop tard. Mon père était censé me prendre ce rendez-vous. Une attente de trois jours. Il n'y a rien de plus atroce que la migraine que provoque une rage de dent. Insoutenable.

En entendant mes gémissements et mes cris de douleurs, mon père a hurlé depuis la pièce adjacente :

— Si tu ne peux pas attendre trois jours, on peut aller au...

Je ne voulais pas entendre ce qu'il allait dire. Ou alors, je voulais me convaincre qu'il blaguait.

— Aller où ? ai-je demandé.

S'éclaircissant la voix, mon père a crié. Les mots effroyables ont surgi, nets et distincts – *al-wekala* –, « centre de santé de l'UNRWA ». Le courage m'a quitté, mon corps entier a frissonné, les mots se sont coincés dans ma gorge. L'image du lieu m'a soudain empli l'esprit.

Tous les jours, en route pour l'université, je passais devant les deux bâtiments de l'UNRWA – le centre de santé et le quartier général.

La clinique avait des murs blanchâtres, barrés de bandes bleues. Ils affichaient des dessins très disproportionnés de personnes qu'on emportait dans des ambulances. Mais ce n'étaient ni les bâtiments blancs et bleu pâle, ni le drapeau de l'UNRWA, ni les dessins grossiers, ni les barbelés des murs inaccessibles qui me dérangeaient chaque fois que mes yeux se posaient sur ce lieu. Ce qui me gênait, c'était plutôt la scène de la foule, debout, tentant de former une queue pour atteindre une fenêtre grillagée, derrière laquelle la voix d'une personne invisible appelait des noms ou des numéros à l'aide d'un microphone. Je ne pouvais que me sentir triste pour ceux qui avaient à attendre là, dans une file infinie, sous le soleil brûlant de l'été ou sous la grosse pluie hivernale. Auparavant, je ne m'étais jamais imaginée me retrouver dans une de ces queues. Attendre qu'on appelle mon nom. Me battre pour arriver à la fenêtre grillagée, dans l'espoir d'avoir la chance de figurer parmi les appelés.

J'ai eu beau vouloir laisser passer la crise, la douleur sans précédent a eu raison de moi. Je me suis rendue. Il me fallait aller à la clinique, bon gré, mal gré. Or, qu'y aurait-il de si dramatique de me tenir parmi d'autres personnes, d'autres Palestiniens lambda, réfugiés et malades ? Ce n'était qu'un centre de santé, je me suis dit, dans un vain effort pour me consoler.

Je me suis levée après une nouvelle nuit sans sommeil. En m'approchant de mon père, je n'ai pas eu besoin de parler. Son regard plein de tendresse voulait me soulager. Il m'a expliqué qu'il devait se rendre à la clinique une heure à l'avance pour me trouver une place avant l'arrivée de la foule. Il était sept heures du matin. Une foule à cette heure-ci, déjà ? J'avais du mal à le concevoir.

À huit heures précises, je me suis rendue à la clinique, comme mon père me l'avait demandé. En chemin vers le centre, j'étais rongée par le remords. Je m'en voulais de manquer parfois d'égards envers mon père, de ne pas toujours apprécier ce qu'il faisait pour nous. Il doit faire la queue tous les mois pour nous ramener les denrées de l'UNRWA. Nous faisons partie des Palestiniens chanceux, qui bénéficient des avantages de la carte – avec un grand C – de l'UNRWA. Ma mère est une réfugiée. Je n'ai jamais compris pourquoi certains considéraient cette carte comme une sorte de privilège, et je me suis toujours demandé pourquoi d'autres la brandissaient avec une telle fierté.

La carte de réfugié était, et demeure, une insulte, nous rappelant le peu que les réfugiés reçoivent comparé à tout ce qu'ils ont vraiment perdu. Un sac de farine peut-il compenser les terres agricoles qu'ils possédaient auparavant ? Un sac de sucre peut-il apaiser l'amertume et le malheur qui hantent sans répit ces gens depuis qu'ils ont perdu leur douce demeure, troquée contre des camps de réfugiés ? Deux bouteilles d'huile leur feraient-elles oublier leurs oliviers, qui, comme eux, ont été impitoyablement arrachés ? Peut-être que la carte, tant qu'elle reste entre leurs mains, leur permet de déclarer que leur condition de réfugiés est temporaire, qu'ils possédaient autrefois des terres qui attendent leur retour. Cependant, une douleur lancinante m'a ramenée au présent.

À mon arrivée au centre, vers huit heures trente, seulement quelques personnes faisaient la queue dehors. Je me suis dit, voilà, mes présomptions et mes craintes provenaient de ma phobie inexplicable des dentistes. J'exagérais sûrement. Le bâtiment blanc et bleu semblait plutôt beau, finalement. Mes couleurs préférées, elles m'apportaient une sorte de soulagement, qui malheureusement a été de courte durée. Un babil de voix humaines m'a accueillie dès mon entrée. J'ai balayé du regard la clinique absurdement exiguë, composée en fait de plusieurs petites pièces, ornées au-dessus de chaque porte d'un panneau illustrant les différents traitements fournis par le centre de santé. La clinique générale. L'optométrie. La dentisterie. La médecine interne, qui occupait le plus gros de la clinique.

Dieu merci, ce n'est qu'une rage de dents ! me suis-je dit pour me rassurer.

Mon père s'est frayé un chemin vers moi à travers la foule.

— Pourquoi es-tu si en retard ? Je t'ai trouvé un numéro. Tu as failli le perdre, m'a-t-il grondée de loin.

Non, pas le numéro. Je ne peux pas perdre le numéro après tout ce que j'ai souffert, ai-je pensé, mais la douleur m'empêchait de parler. C'était l'une de ces situations où l'on est réduit à un numéro, on n'est plus un être humain, on n'est plus qu'un chiffre. Je n'étais plus moi. J'étais le numéro sept. Et le mot « sept » était le seul que j'avais envie d'entendre à ce moment-là.

La vue de tous ces patients avait légèrement atténué ma douleur dentaire, mais celle-ci recommençait à me ronger le cerveau et les membres. Je voulais que ça s'arrête, coûte que coûte.

Je me suis assise sur le banc, à la place que mon père m'avait réservée. Vu mon état, il a préféré se tenir debout, comme la plupart de ceux qui attendaient leur numéro. Les cinq bancs dont la salle disposait ne pouvaient suffire en aucun cas aux dizaines de femmes, d'enfants, d'hommes et d'aînés qui s'y pressaient. J'ai jeté un coup d'œil à la femme assise à côté de moi. J'ai aperçu le numéro inscrit sur la carte qu'elle tenait à deux mains. J'étais estomaquée. Combien de temps allait-elle devoir attendre pour le numéro trente-six, alors que le sept que j'étais n'avait pas encore été appelé ? Moi je n'en avais plus pour longtemps, comme je l'ai découvert après.

— Numéro six ! Numéro six ? a lancé une voix ennuyée dans le haut-parleur.

— Numéro six ? Où est le numéro six ? a rugi presque chaque personne présente, les voix se réverbérant dans la salle.

La porte de la salle s'est ouverte et une très vieille femme a émergé, à pas de tortue. Boitant lentement, elle se déportait à droite, puis à gauche, tandis que deux jeunes, apparemment ses petits-fils, lui tenaient les mains. Les yeux de la femme étaient fermés et du coton dépassait de sa petite bouche. Elle endurait clairement d'atroces souffrances, ce qui faisait frémir mon corps de toutes sortes de façons que je ne saurais décrire. Je tentais de deviner l'intérieur de la pièce quand une fillette d'une dizaine d'années s'est faufilée dans la foule, puis a claqué la porte derrière elle.

La fillette, dont les cheveux pendouillaient en une longue tresse, portait l'uniforme blanc à rayures bleues que j'ai toujours détesté en tant qu'écolière. (Je me demande d'ailleurs si ce n'était pas plutôt du bleu avec des rayures blanches.) Elle est entrée seule dans le cabinet du dentiste. J'avais honte de moi. Elle était la version plus jeune de moi-même, sauf que je préférais porter mes cheveux coiffés en deux tresses. Et surtout, elle avait la témérité de se présenter sans son père. Elle tenait son cartable. Très probablement, elle allait donc continuer son chemin jusqu'à l'école après avoir subi une extraction dentaire. Au bout de deux minutes, la porte s'est ouverte à nouveau. La petite fille est sortie avec la même mine défiante, comme pour dire: « Je t'ai enfin sortie de ma bouche, espèce de petite dent stupide. » J'ai réfléchi au laps de temps que cette petite fille avait passé à l'intérieur. Deux minutes - une durée insuffisante pour la moindre anesthésie...

Un court instant, l'idée de m'enfuir m'a traversé l'esprit. Mon père a commencé à me pousser à travers la foule avant même que le numéro sept ne soit appelé. Les personnes présentes ont de nouveau hurlé à l'unisson: « Numéro sept! Où est le numéro sept? » Il m'a tenu la main tandis que je traînais les pieds. Les trois médecins m'ont paru très gentils - enfin, ils ont pris la peine de me demander mon nom. J'ai dû m'allonger sur la chaise et, en moins d'une minute, le médecin a annoncé que j'avais besoin d'une extraction dentaire chirurgicale, une opération qui, sans surprise, n'était pas pratiquée à la clinique de l'UNRWA. J'en ai oublié la douleur. Tout ce que je voulais, c'était de quitter cette pièce stérile.

Je me suis précipitée vers la sortie en retenant mon souffle et je n'ai respiré qu'une fois dehors. Quand mon père m'a rejointe, plus tard, je l'ai regardé dans les yeux, avec le même sourire que celui de la petite fille.

— Tu vois, ils ne pouvaient rien faire pour moi. Je te l'avais dit.

Mon père, qui était resté sur place pour obtenir des renseignements auprès des médecins et pour m'apporter les médicaments qu'ils m'avaient prescrits, a ri en voyant mon visage pâle reprendre enfin sa couleur normale. Il a levé devant moi un petit sachet de médicaments.

— Je t'ai trouvé des antidouleurs, quand même.

— Oui, des antidouleurs ! ai-je répondu, le sourire pensif.

VAIS-JE EN SORTIR UN JOUR ?

Nour Al-Sousi

Traduit par Philippe Néméh-Nombré

Et maintenant, me voici. La batterie de mon cellulaire est à moitié vide. Mon cas est désespéré. Le réseau ne répond pas à mes tentatives répétées d'appeler qui que ce soit.

Ce cellulaire, je l'ai reçu en cadeau pour avoir terminé mes études secondaires avec distinction ; c'est comme ça que mon père a exprimé sa joie immense, ce jour-là. Je me souviens du rêve qu'il tenait à me rappeler : « Oh, enfin ! Je te verrai comme le médecin que j'ai toujours rêvé que tu deviennes, Saïd. Enfin, je le verrai ! »

J'aspirais à poursuivre mes études universitaires à l'étranger, mais le destin en a décidé autrement. Il était hors de question, pour mes parents, de m'imaginer quitter ce pays et ne jamais y revenir. Ils voulaient que je reste. Je n'ai donc eu d'autre choix que de m'inscrire à la Faculté de médecine, ici, à Gaza. À vrai dire, ce n'était pas aussi terrible que je le croyais. Pas du tout. Rien au-delà de ce qui compliquait déjà nos vies et les rendait insupportables – les pannes d'électricité régulières, le prix faramineux des aliments, la fermeture continue des frontières qui nous empêchait de voyager, la crise des transports et la lutte désespérée pour survivre. Rien de plus, rien d'autre que ça.

Oh, comme ces jours me semblent heureux comparés à aujourd'hui ! Tant pis, ça ne prendra pas plus d'une heure encore.

Une année s'est écoulée. Notre maison a été bombardée. La maison, partiellement endommagée. Une seule pièce totalement détruite. La pièce où se trouvait mon père.

Une année s'est écoulée, et je me tiens toujours loin de cette pièce. Je sens encore l'odeur de la chair brûlée.

Même ici – enseveli dans ce lieu – je la sens encore.

Mon chagrin était si grand qu'aucune quantité de larmes n'aurait pu le soulager. Je n'ai pas pleuré la mort de mon père.

Tout d'un coup, je suis devenu le seul pourvoyeur de la famille. Je devais chercher du travail, n'importe quel travail. Contre toute attente, cela n'a pas pris beaucoup de temps puisque quelqu'un m'a soufflé à l'oreille : « Viens travailler avec moi, Saïd. Tu ne trouveras jamais meilleur boulot que de creuser des tunnels ! »

— Mais...

— Il n'y a pas de « mais ». Le salaire est deux fois plus élevé que partout ailleurs. Il est garanti à l'année, a renchéri l'homme. Et t'inquiète, nous t'appellerons « Docteur », a-t-il ajouté en souriant.

Comme je n'ai pas réussi à concilier mes cours avec le nouveau travail, j'ai abandonné les études de médecine.

L'indicateur qui ne cesse de me rappeler le niveau faible de la batterie de mon téléphone m'énerve.

En levant ses mains bénies, ma mère a prié pour moi. Elle a prié pour moi, sans connaître le type de travail que je m'apprêtais à faire. Après tout, elle ne pouvait pas tolérer l'idée que ses enfants dorment le ventre vide. Je ne le pouvais pas non plus.

J'ai pris un taxi pour Rafah. L'excavation se déroulait sous les maisons près de la frontière. La seule chose qui m'importait, c'était de savoir si mon corps supporterait d'être dans une tombe de plus de vingt mètres de profondeur. Les cinquante shekels et les provisions que j'ai ramenées à la maison à la fin de la journée, les sourires de ma mère, mes petits frères et ma sœur, ont rendu la tâche un peu plus facile.

Dès que nous avons commencé à creuser, l'intérieur est devenu très étouffant. Nous étions trois équipes : la première creuse, la deuxième retire le sable et la troisième tient les poteaux de l'échafaudage. Malgré le masque que je portais, le sable se frayait un chemin jusqu'à ma bouche, et le fait de boire de l'eau empirait la situation. Je toussais et toussais encore. Mes camarades qui ne portaient pas de masque riaient très fort.

— Tu t'y habitueras bientôt, Doc, m'a dit l'un d'eux.

Pour me changer les idées, j'imaginais la mer où j'avais l'habitude de passer le plus clair de mon temps à faire du plongeon ; c'était l'un de mes passe-temps. Mais il suffisait d'une goutte de sueur froide ruisselant le long de mon dos pour m'arracher à ma rêverie. Même cette petite goutte était contaminée par le sable.

J'ai voulu un jour mettre en garde les autres contre le fait de creuser ce tunnel si près de la mer. Mais je me suis abstenu. Ces creuseurs de tunnels qui n'étudiaient pas en médecine devaient le savoir mieux que quiconque. La tâche semblait facile, malgré la chaleur, jusqu'à ce que le sable commence à tomber du ciel.

Le sable est tombé du ciel sombre du tunnel sombre. Et je suis resté derrière, au bout du tunnel, pour tenir les poteaux.

Je me demande depuis combien de temps je suis coincé ici, dans ce tunnel. Mes camarades sont sortis et m'ont laissé seul. Le tunnel s'est effondré au-dessus de l'entrée avant que je ne puisse sortir à mon tour.

Ils viendront me sauver, c'est certain.

Le cellulaire gémit, sa lumière vacille.

Je sens le froid glacial me transpercer les os. Spasme de douleur. Et je sens la chaleur de la terre sous mes pieds comme si elle me tapotait pour m'endormir. À l'horizon, une lueur. Elle vient de loin. Presque tangible. Un hymne. J'entends bien l'hymne maintenant. C'est la prière de ma mère. L'estomac vide de ma sœur. L'odeur de chair brûlée.

Et le goût de l'eau de mer.

LE MUR

Rawan Yaghi

Traduit par Nadine Ltaif

C'est étrange de trouver un trottoir ici. Du bout des doigts, je touche les gros blocs de cet immense Mur construit pour me faire peur. Je ne regarde pas le graffiti ; je le connais très bien. Le ciel et le soleil sont à moitié rongés par le Mur. Je trébuche sur une pierre, probablement lancée hier par l'un de mes amis. Je m'assieds là où je suis tombée et je saisis la pierre, la fixe du regard pendant une minute et la relance par-dessus le Mur. Je tends l'oreille pour entendre un « Aïe ! », un juron, des pas, un appel, un murmure ou un coup de feu. Rien. Je continue à marcher. Ça me semble sans fin. Les bouts de mes doigts sont tachés de toutes les couleurs du graffiti. Je m'arrête. Je tourne mon visage vers le Mur. Je pose mes deux mains dessus. Je pousse. Je continue à pousser, les bras tendus, les dents serrées, les pieds enracinés dans le sol, l'odeur de la peinture fraîche pénètre mes narines jusqu'à mes poumons. Un passant s'arrête pour voir ce qui va advenir. Mes pieds font demi-tour. Une voix à l'intérieur de moi m'arrache un cri. Je m'effondre à terre en sanglotant. Le passant se met à rire et poursuit son chemin.

INSOMNIE

Nour El Borno

Traduit par Anaïs Barbeau-Lavalette
et Kathryn Casault

La tempête a déchiré la nuit.

Le vent a rampé, pénétrant par la fente des fenêtres et sous la jupe des portes. Il est deux heures du matin. Soudain, des hurlements. Si puissants qu'ils font éclater le sommeil de la famille. C'est encore le tonnerre des cris d'Ezra. Encore les éclairs dans sa poitrine. Il transpire à grosses gouttes. Sa sueur inonde la chambre jusqu'à celle des enfants, une marée de frissons glace leur sang à l'unisson.

Ezra s'était endormi sur le côté gauche du lit cette nuit-là – pour se changer les idées.

Il peine à se lever, se dirige à tâtons vers le miroir brisé, regarde son reflet, brisé aussi, s'affaisse au sol. Il croise ses jambes trop longues, trop lourdes, il pose ses mains coupables sur ses genoux et ne les quitte plus des yeux. Talia, qui l'aime depuis longtemps, suit du regard chacun de ses gestes.

Elle les connaît maintenant, ces gestes des nuits d'orage. Elle sait ce qu'il faut faire. Dans le couloir, deux silhouettes fantômes : leurs enfants, immobiles.

— Dans votre chambre, mes chéries..., chuchote Talia.

Sarah et Ziva ne s'habituent pas à ces réveils en tempête. Mais elles obéissent à leur mère et leurs petits fantômes flottent jusqu'à leur chambre, traînant avec eux les cris perçants de leur père. Plus forts et plus douloureux que les nuits précédentes.

Quelques semaines déjà, meublées de hurlements dont elles ne connaissent pas l'origine.

Quelques semaines déjà, de violents fracas et de gémissements. Leur mère, de ses grands bras tendres, essaie de les tenir à l'écart. Mais son mur d'amour tremble pendant qu'elle s'avance une fois de plus vers son homme, lentement, pour ne pas l'effrayer. Lui, recroquevillé, blême, a le cœur en bataille qui lui défonce les côtes.

— Un autre cauchemar ?

— Cette fois-ci, c'était bien pire, grogne Ezra.

— Qu'as-tu vu ? lui demande Talia doucement, « sans insistance », comme lui a enseigné le psychiatre.

Le docteur David l'a encouragée : si on s'y prend correctement, faire parler son mari pourrait le libérer...

Ezra hésite, puis plonge. Il devient son rêve. Ses mots le devancent, les blindés entrent dans la chambre.

— Nous étions déployés à Gaza, encore une fois. « Tirer et tuer. » C'était l'ordre. Et j'ai tiré. Sur tout. Sur les réservoirs d'eau, sur les chiens errants, sur une vache, sur une, deux, trois, douze personnes... sur cette femme... avec son enfant.

Cette femme. Je ne sais pas si elle est grosse ou enceinte. Impossible de le savoir à travers les jumelles – c'est la nuit – je regarde, impossible de savoir. Elle est grosse ou enceinte ? Je tire. Je ne sais pas si je l'ai eue. Et l'enfant. Je ne sais pas si je l'ai tué. Est-ce que je l'ai tué ? L'ordre du commandant, en boucle : « Tirez pour tuer, tirez pour tuer, tirez pour tuer... »

C'est la voix de l'enfant qui me l'ordonne maintenant. Il me dit de sa toute petite voix : « Tire pour tuer, tire pour tuer, tire pour tuer... ! » Comme une chanson.

Ezra se replie sur lui-même, il voudrait disparaître.

Talia agrippe les mains si douces de son amour, l'attire contre elle, elle qui est réelle. Elle veut le faire revenir ici, dans leur chambre, dans leur vie.

— Mon amour, mon trésor, tu faisais ton devoir, tu défendais ton pays. C'était les ordres.

Mais il n'est pas son amour, son trésor. Il est le soldat qui défend Israël et ne l'entend pas. Il ne la voit même pas.

Il ne sent pas sa peau moite contre la sienne. Il est ailleurs, et ailleurs ça pue.

— L'odeur de poudre brûlée, le cri dément de la vache, l'aboiement éraillé du chien, le sang sur mes mains, tout ce sang sur mes mains – la femme, était-elle grosse ou enceinte ? – qui gémit, et puis... les cris de l'enfant. Les cris de l'enfant. Ses cris...

Les autres, ils prennent des photos. Ils font des graffitis sur les murs. Ben et Levi, regarde-les : ils dansent ! Ils dansent au milieu des maisons fracassées, ils cueillent autour d'eux des souvenirs palestiniens, de petits butins de guerre à rapporter à la maison.

Ils sont tous là, Talia. Les gens que j'ai tués. Tous là.

Ezra étouffe. Sa poitrine brûle, son cœur implose.

Alors, tout doucement, Talia passe ses doigts amoureux dans les cheveux blonds de son homme, elle le cherche au fond de ses yeux bleus. Elle ne le trouve pas.

— Nous avons fait éclater la porte et nous sommes entrés dans cette maison. Il faisait noir. Noir, noir, noir. Nous avons fait éclater la porte puisqu'ils nous avaient dit « il y a des terroristes de l'autre côté ». Je l'ai entendu, je l'ai entendu, je l'ai entendu très clairement. Le commandant avait dit qu'il y avait des terroristes de l'autre côté de la porte.

— Mon amour...

Talia voudrait tant que son amour revienne, mais son amour fait éclater une porte et pénètre dans une maison étrangère...

— Je suis entré. Je ne voyais rien. Noir-noir-noir. J'ai tiré. Sur tout le monde. Partout. Puis soudain, elle est revenue. La lumière. Éclatante. Et les morts sont apparus. Tous.

Le commandant était mort. Ben et Levi étaient morts. Morts en dansant.

Morts-morts-morts. Et au milieu de la pièce, sous l'ampoule arrogante, elle saignait.

— Qui saignait ?

Son amour pleure maintenant.

— Elle. La petite fille... elle saignait. Partout, sous la lumière, elle saignait.

Elle saignait sur sa peluche. Sur son petit lapin. Sur le lapin de Ziva.

Il la regarde, maintenant. Sa femme. Il la regarde dans les yeux. Pour lui dire :

— J'ai tiré sur notre fille...

Dans le cadre de la porte, Ziva s'est levée et ne se recouchera pas.

Son lapin plaqué contre son ventre, elle fixe son père affalé au sol.

Son père qui ne reviendra pas.

Elle a sept ans et elle lui demande :

— Papa. Pourquoi tu m'as tuée ?

LES COLIS

Par Mohammed Suliman

Traduit par Frédérick Lavoie

Dès les premières lueurs du jour, Salma, une brunette bien portante au début de la quarantaine, se mit à préparer des colis pour son fils Naji. Dans chacun, elle glissa ses plats préférés et des paquets de cigarettes. Des sentiments confus l'habitaient. Elle ne savait trop si elle devait s'attacher à sa bonne humeur ou se laisser saper le moral comme cela lui arrivait souvent. Plus que quelques heures la séparaient des retrouvailles avec son fils, les premières en trois ans, les premières depuis qu'il avait tenté de se faufiler de l'autre côté de la frontière. Durant ces trois années, Salma avait pris l'habitude de s'asseoir là où son fils l'avait embrassée pour la dernière fois. Humer l'odeur de ses lettres et, immanquablement, pleurer.

Elle vivait ainsi, submergée par les sanglots, se reprochant d'avoir laissé partir son fils ce jour-là, comme si elle avait eu un quelconque pouvoir sur ce qu'il s'apprêtait à faire. De jour en jour, son teint pâlissait et son inquiétude grandissait. L'ardeur de ses pleurs était telle que ses yeux donnaient l'impression d'avoir vu couler toutes les larmes du monde.

Cinq heures sonnèrent. Salma quitta la maison, un colis dans chaque main. Son fils, qui n'avait toujours pas eu droit à un procès, se trouvait à la prison de Nafha, en plein cœur du désert, côté israélien.

Arrivée à la frontière, Salma sortit de la voiture. Des pensées angoissantes virevoltaient dans sa tête. Elle était déjà exténuée, mais il lui restait encore un poste de contrôle à passer avant d'arriver en Israël. Une première fouille avait laissé ses colis sens dessus dessous. Elle dut tout rempaqueter pêle-mêle avant de se diriger vers le détecteur de métal. Mais lorsqu'elle traversa le portail, il émit un bip, et son sang ne fit qu'un tour. Un officier blond avec des taches de rousseur et une casquette vissée sur la tête lui demanda de vérifier si elle n'avait pas oublié une pièce de monnaie sur elle. Salma se palpa de la tête aux pieds, mais ne parvint pas à trouver une quelconque trace de métal. L'officier la somma de passer de nouveau à travers le détecteur. Son cœur battait si fort qu'elle était certaine que même l'officier devait l'entendre. Elle s'approcha une fois de plus du portail, essayant tant bien que mal de garder ses jambes droites. « Zzzzz », fit encore le détecteur. Deux agentes minces se dirigèrent vers elle. C'est à ce moment que le bracelet de sa montre lui vint à l'esprit. Évidemment ! « Bon débarras », pensa-t-elle en le retirant. Elle se sentait à la fois stupide et heureuse de pouvoir enfin traverser sans se faire apostropher. Tout en maudissant l'occupation pour cette énième humiliation, elle avança. L'image de son Naji lui apparaissait plus tangible avec chaque pas.

Quand son mari Abu Naji était mort d'un cancer de la prostate, Salma s'était retrouvée seule avec son fils, gérant la déprime d'un quotidien endeuillé. Naji était quant à lui prématurément devenu le chef de la famille et son unique pourvoyeur. Grand et maigre au début de la vingtaine, il peinait à gagner assez d'argent pour subvenir aux besoins de la maisonnée. Il se levait tôt chaque matin et partait en emportant les sandwiches que lui avait préparés sa mère, pour ne revenir que tard en soirée, avec un peu d'argent. Le travail qu'il avait déniché dans les tunnels de contrebande lui assurait une maigre pitance; il permettait à la famille de survivre une journée ou deux. Mais ce même travail risquait aussi de lui apporter la mort.

Un soir, Salma remarqua le regard absent de Naji alors qu'il mangeait le repas modeste qu'elle lui avait préparé. Inquiète, elle resservit du thé, sans lâcher des yeux le visage morne de son fils. Naji, lui, ne faisait que fixer la pâtisserie dans sa main. Sa mâchoire inférieure remuait aussi paresseusement que le reste de son corps.

Salma rompit le silence en posant une question dont elle connaissait déjà la réponse:

— Comment a été ta journée au travail? Épuisante, j'imagine?

Naji n'avait visiblement aucune envie de fournir une réponse. Il était complètement absorbé par les petits morceaux de sauge qui flottaient à la surface de sa tasse de thé brûlant. Il lui fallut beaucoup de temps pour remarquer les yeux humides et angoissés que sa mère posait sur lui.

— Qu'est-ce qui ne va pas? lui demanda-t-elle.

— Rien, mentit Naji.

— Ne me mens pas. Tu n'es pas toi-même depuis que tu es rentré. Qu'est-ce qui s'est passé ? Je veux simplement savoir, insista-t-elle.

Naji lui révéla finalement la proposition que lui avait faite son patron, Abu Sham.

— C'est dangereux, je le sais, laissa tomber Naji.

Sa mère ne dit rien.

— Je gagnerais quatre mille shekels pour deux petites journées de travail. Avec cet argent, je pourrais lancer ma propre entreprise. Je serais libre, renchérit-il avec conviction. Je me faufile, j'apporte le colis, puis je reviens. C'est tout.

— Sais-tu au moins ce qu'il y aura dans ce colis ? lui demanda sa mère.

— Honnêtement, non, admit-il.

Naji se réveilla très tôt ce matin-là. Salma préparait le petit-déjeuner quand il entra dans la cuisine, déjà prêt. Elle se mit à fredonner à voix basse, son chant entrecoupé dc sanglots.

Durant le repas, Naji s'éclaircit la gorge et plongea son regard dans celui de sa mère.

— Ne m'en veux pas, Mama. C'est pour nous que je fais ça, dit-il d'une voix affligée.

Salma, qui n'avait pas réussi à avaler une seule bouchée, lui renvoya un regard mêlé de colère et compassion. Elle baissa la tête, mais n'ajouta rien. Naji se leva et s'approcha de sa mère.

— Je serai de retour dans deux jours, promis.

Salma releva la tête. Naji prit ses mains dans les siennes. Salma sentit qu'elle était face à l'inévitable : ce moment en était un d'adieu. Naji se pencha pour embrasser les mains de sa mère. Incapable de retenir ses larmes, Salma serra les mains de son fils dans les siennes, puis les laissa – le laissa – aller.

Étourdie par les contrôles successifs, Salma arriva enfin à la prison. Elle entra dans un grand hall. Elle n'avait jamais vu un tel endroit auparavant. C'était la cohue. Les cris et les voix superposés produisaient un vacarme assourdissant. Comme si des dizaines de querelles avaient lieu en même temps. Elle réalisa aussitôt qu'elle devrait se soumettre encore une fois à une fouille.

Elle s'inséra dans une file interminable de femmes âgées attendant de présenter leurs papiers aux agents israéliens. L'image de son fils qu'elle portait dans son esprit se dissipa.

Après ce qui lui sembla une éternité, Salma se retrouva face à une bureaucrate blonde. Elle était petite et mince, et donnait l'impression de s'enfoncer toujours un peu plus dans sa chaise. Salma demeura immobile pendant que la bureaucrate, assise derrière un grand bureau lustré, parlait aussi vite qu'elle tapait à l'ordinateur. Elle leva la tête vers Salma, tendit mécaniquement la main et lui signala de remettre ses papiers en pliant et dépliant à plusieurs reprises ses quatre doigts. Salma obéit tout en observant les doigts de la bureaucrate, qui martelaient le clavier. L'agente lui rendit ses papiers. Salma se dépêcha d'avancer, soulagée de ne plus avoir à endurer les coups de coude incessants de la femme qui la pressait derrière.

Salma n'avait aucune idée vers où elle devait se diriger. Elle erra un temps dans le hall, ses colis dans les mains et ses papiers coincés sous un bras. Elle songea à s'enquérir auprès d'un officier à l'une des portes. Elle aperçut alors une femme pressée qui clopinait avec trois gros sacs. Elle la rattrapa.

— Bonjour, madame, dit Salma, en faisant de son mieux pour suivre son rythme de marche.

— Bonjour, lui répondit la dame d'une voix gutturale.

Avant que Salma puisse lui demander des indications, la dame s'éclaircit la voix et lança:

— Alors, vous êtes venue visiter votre fils?

— Oui, fit Salma, qui se démenait toujours pour marcher aussi vite qu'elle. Et vous?

— Mes petits-fils. J'en ai deux, répondit promptement la dame.

— Nous pourrons les voir maintenant, n'est-ce pas? dit Salma.

La dame s'arrêta soudain et déposa ses trois sacs imposants. Salma en profita pour reprendre son souffle.

— Non, pas tout de suite, il faut passer par la dernière fouille, lui fit savoir la vieille dame en poursuivant sa route.

Au mot «fouille», la déception envahit le cœur de Selma. Elle n'en pouvait plus de toute cette attente et de toutes ces procédures. Des vagues de désespoir se fracassaient sur son corps, tandis que son retard sur les enjambées de la vieille dame devenait de plus en plus insurmontable.

— Je sais que c'est humiliant, mais c'est comme ça. Aucune chance de revoir nos fils si nous nous laissons abattre par l'humiliation, laissa tomber la dame de sa voix agitée.

Pour un instant, Salma pensa que la femme s'adressait à quelqu'un d'autre. Puis, lorsqu'elle comprit que c'était bien à elle que ses mots étaient destinés, elle chercha à comprendre ce qu'elle sous-entendait par « humiliation ».

— Mmm, désolée, mais je ne comprends pas ce que vous voulez dire.

— La fouille. Je parle de la fouille.

Salma se dit qu'elle aurait peut-être dû se sentir gênée par chacune des fouilles précédentes.

— C'est quel genre de fouille ? demanda-t-elle, de plus en plus mal à l'aise.

— Quoi ? Vous ne savez pas ? s'exclama la dame, abasourdie.

— Savoir quoi ? lâcha Salma, stupéfaite.

Son cœur battait la chamade. La vieille dame lui jeta un regard empreint de pitié. Elle expliqua à Salma que lors de la dernière fouille avant de pouvoir rencontrer son fils, elle devrait se soumettre à un examen des cavités corporelles. Pour s'assurer qu'elle ne cachait pas d'explosifs.

Trois ans se sont écoulés depuis cette visite échouée à la prison.

Salma, maintenant âgée de quarante-cinq ans, a la mine plus pâle et plus faible que jamais. En s'étirant sur son lit couvert de châles, elle s'efforce de déterrer l'image floue de ce fils qu'elle a vu pour la dernière fois six ans auparavant. Des gouttes de sueur mêlées de larmes coulent sur ses joues. Elle repasse dans sa mémoire le fil de ce dernier matin avec son fils, la promesse qu'il lui avait faite de revenir après deux petites journées. Une autre larme roule sur sa joue. Chaque fois qu'elle entend l'écho résonner dans son esprit, son cœur dévasté de mère se brise à nouveau. L'écho de la voix qui la hante depuis trois ans : celle lui annonçant la mort de son fils. Une nouvelle larme coule de sa paupière. La larme s'arrête à sa lèvre. Salma plisse les lèvres. La larme s'échappe et s'écrase sur le sol.

UNE GOUTTE DE PLUIE

Refaat Alareer

Traduit par Léonora Miano

Les scientifiques ne sont toujours pas unanimes sur la question de savoir si les gouttes de pluie proviennent du ciel sous forme de cristaux de glace ou non. Mais cela n'a pas d'importance à mes yeux. Je ne suis pas un scientifique.

Abu Samy est un agriculteur palestinien de Cisjordanie. Il était occupé en ce jour venteux à désherber son champ – ou ce qu'il en restait. Il regrettait de ne pas avoir écouté les fréquentes supplications de sa femme de ne pas sortir. Il avait toujours douté de ce qu'elle appelle son « don spécial », son « sens de la pluie ». Il ne l'écoutait jamais. Et si cela lui arrivait, il ne prêtait attention ni à ses interprétations ni à l'élaboration de ses différentes méthodes pour prédire avec habileté et précision quand il pleuvrait ou non, pendant combien de temps et avec quelle intensité. Bien qu'elle eût dû lui raconter la même histoire des centaines de fois, il ne pouvait répéter son explication que par bribes. Um Samy touche la terre. Elle tient un petit grain de sable, lui chuchote quelques mots et écoute. Dans les cas où la communication échoue, elle hume le grain. Mais c'est là une métaphore. Du moins, Abu Samy le pense.

Du côté sud du Mur, Abu Samy, comme des milliers d'autres agriculteurs palestiniens, n'est pas autorisé à construire des abris ou à ériger des tentes, de peur qu'il n'utilise ceux-ci pour creuser des tunnels vers le côté israélien. Au moins a-t-il eu plus de chance que ses collègues ; il n'a perdu que les deux tiers de ses terres. D'innombrables de ses amis et parents ont vu leurs champs engloutis par le Mur israélien qui traverse les terres de Cisjordanie.

Or, à ce moment précis, le Mur lui était utile. Il faut dire que vivre sous l'occupation lui avait appris à voir des lueurs d'espoir dans le plus sombre des tunnels – non pas qu'il ait creusé de tels tunnels pour s'infiltrer du côté israélien... Pour se protéger du vent fort et de la pluie, il a couru vers le Mur et s'est collé à la longue surface de béton.

De l'autre côté du Mur se tenait un fermier israélien dont la femme, elle aussi, avait prédit la pluie (et l'avait mis en garde contre l'infiltration de Palestiniens sous la barrière de sécurité). Il avait voulu courir vers l'abri en béton qu'il avait construit quelques semaines plus tôt, mais comme le Mur était plus proche, il s'était précipité vers lui. S'ils avaient écouté attentivement, Abu Samy et le fermier israélien auraient tous deux entendu le cœur de l'autre battre contre le Mur. Peut-être ont-ils entendu les battements, les confondant avec le grondement d'un tonnerre lointain.

C'était une goutte de pluie particulière, une toute petite goutte. Elle serait tombée sur la tête nue d'Abu Samy s'il n'y avait eu cette soudaine rafale de vent qui l'avait poussée de l'autre côté du Mur, sur le casque du fermier israélien. Il ne l'a jamais sentie. Les autres gouttes, cependant, se précipitaient vers la tête sans protection d'Abu Samy, semblant la préférer.

Que les gouttes de pluie commencent à exister sous forme de cristaux de glace semble, pour Abu Samy, très possible. Mais qui se soucie des opinions d'Abu Samy ? Il est palestinien.

DE GRÂCE, TIRS MORTELS UNIQUEMENT

Jehan Alfarra

Traduit par Stanley Péan

Je ne sais pas si je devrais blâmer Israël ou moi-même pour ne pas avoir imprimé mon devoir, grogna Laila avec angoisse. *Peut-être devrais-je même blâmer mon oncle d'avoir oublié d'apporter du carburant pour le générateur !*

Elle accéléra le pas en arpentant la pièce, l'inquiétude s'insinuant dans son esprit.

Comme j'ai été naïve de faire confiance au calendrier de l'électricité et de ne pas être prévoyante. J'aurais dû savoir qu'avoir de l'électricité pendant deux jours d'affilée n'était pas une rare bonté de la part d'Israël. J'aurais dû savoir qu'il me le ferait payer à fort prix !

Un sentiment de résignation l'envahit alors qu'elle se condamnait à un échec inévitable.

Je n'arrive pas à croire que j'ai vraiment attendu la veille de l'examen pour imprimer mon travail et que je n'ai pas pris en compte le fait que l'électricité pouvait être coupée et le rester, même si elle était censée revenir à quinze heures aujourd'hui !

Elle était assise là, dans le noir. Salma, sa petite sœur de cinq ans, était allongée sur le matelas à côté d'elle, et Sarah, son autre sœur qui venait tout juste de fêter son douzième anniversaire, dormait profondément. Avec le bruit agaçant et incessant du générateur voisin, Laila avait du mal à réfléchir. Elle tentait de parcourir les pages de son devoir sur son ordinateur portable, mais en réalité, son regard restait fixé sur l'indicateur de batterie, qui approchait de zéro. Et voilà. Le X rouge sur l'écran se mit à clignoter : un verdict sans appel.

Elle se dirigea vers la fenêtre de la chambre, dépitée. S'appuyant sur le châssis, les bras croisés, elle contempla l'horizon. Le ciel semblait se fondre dans le sol. Surface noire parsemée de petits points blancs. On aurait dit des pois, comme elle adorait ce motif ! Les bâtiments de l'autre côté de la frontière, dont les fenêtres toujours illuminées ressemblaient à un ciel moucheté d'étoiles, la fascinaient.

Un soupir franchit ses lèvres. Elle se dirigea vers le tiroir de sa commode où elle gardait les bougies. Elle en posa une sur la commode, sortit un briquet de sa poche et l'alluma. Sa douce flamme épousa la mèche de la bougie. Laila trouvait toujours réconfort et satisfaction dans la beauté envoûtante de cette flamme qui vacillait et se consumait. La sensation ne vieillissait jamais. Elle pouvait passer des heures à la fixer en jouant de temps à autre avec la cire du bout des doigts.

Son reflet se dessina dans le miroir derrière la bougie : un front marqué d'une cicatrice, des yeux noisette profonds, des lèvres légèrement entrouvertes. Laila sourit et son regard s'illumina à la vue de son reflet qui lui renvoyait un sourire identique. Pointant le doigt vers l'image dans le miroir, elle lança d'un ton narquois :

Tu vas rater ton examen demain, Laila.

Mais le reflet ne répondit pas. Son sourire s'estompa bientôt; un soupir s'échappa de ses lèvres sèches, vite noyé par une larme brûlante glissant le long de sa joue. Elle s'empressa de l'essuyer, comme si pleurer était un péché. Il ne fallait pas pleurer. Elle détestait cela. Mais comment s'en empêcher?

Deux ans s'étaient écoulés depuis la guerre. Et elle... eh bien, elle avait été forte tout du long. Son esprit tournait et retournait le souvenir de son père, telle une roue sans fin. Elle se demandait si elle ne devrait pas tout simplement abandonner ses études en médecine. L'idée qu'elle pourrait un jour être confrontée à ce que ces médecins avaient dû faire avec son père la hantait.

Je serai damnée. Je serai blâmée. Et je serai impuissante, mais responsable de vies humaines! songea-t-elle en se frottant les yeux de ses doigts glacés. *Peut-être que je devrais quitter la faculté de médecine. Serai-je un jour assez forte pour ça, pour tenir le coup? Ça fait deux ans maintenant. Deux maudites années.*

Deux ans depuis cette nuit étrangement silencieuse. Elle avait réussi finalement à s'endormir à l'aube, entassée près de ses deux sœurs sur le sol du salon enténébré, les trois enroulées dans quelques draps, avec le silence pour seul compagnon. Laila, Salma et Sarah avaient désespérément tenté de tuer le temps, dont elles avaient perdu toute notion, tenté d'échapper à l'incertitude et à l'horreur d'une succession de journées terrifiantes et de nuits atroces.

Quinze nuits d'horreur et de peur que l'un de ces Apaches armés qui survolaient leur maison sans arrêt, ou l'un de ces monstrueux chars d'assaut Merkava assoiffés de sang et stationnés dehors, ne les bombardent plutôt que leurs voisins. Quinze nuits à peu près privées d'électricité, de ligne téléphonique ou de nourriture.

Leur père appuyé contre le mur du salon, les mains dans les poches, paralysé par la menace des balles qui avaient percé plusieurs trous dans la maison, paralysé par son incapacité à assurer la sécurité de sa femme et de ses enfants bien-aimés. De ses yeux gris, il observait Laila et Sarah respirer pendant leur sommeil. Il regardait sa femme, allongée près d'elles, essayant désespérément de calmer la petite Salma avec une histoire pour enfants, impuissante tout comme lui face à ces soldats qui les harcelaient chaque fois qu'ils en avaient envie.

C'est à ce moment que quatre militaires israéliens firent irruption dans leur maison, défonçant la porte d'un coup de botte, M16 à la main.

La mère de Laila sursauta de frayeur. Elle serra d'une main sa petite Salma de trois ans, qui s'était mise à pleurer, et, de l'autre, lui couvrit la bouche pour qu'elle n'émette pas le moindre son. Son cœur rata un battement. La peur verrouilla toute parole dans sa gorge et toute larme dans ses yeux. Le père de Laila ne savait pas s'il était judicieux de s'approcher de ses enfants et de sa femme adorée. Avec des êtres aussi imprévisibles dans leur maison, il pensait que ne pas bouger était peut-être plus sûr. Tout ce qu'il pouvait faire, c'était rester là, et prier pour qu'ils les laissent tranquilles.

Laila savait qu'il aurait été insensé de les confronter du regard, mais la rage dans son cœur ne pouvait l'accepter. Elle fixa l'un des soldats et continua de le fixer jusqu'à ce qu'il pose ses yeux sur elle et pointe son arme dans sa direction. Sans même un clignement, elle soutint son regard. Il braqua alors son arme sur son père ; un sourire cruel semblable à celui d'un crocodile déformait ses lèvres. Il maintint ainsi le fusil quelques secondes, les plus longues et les plus tortueuses de toute l'histoire de la famille.

Il ne tira pas. Pas tout de suite. Au lieu de ça, il s'approcha du père jusqu'à n'être plus qu'à vingt centimètres de lui. Il agrippa les cheveux d'Abu Laila par-derrière, enfonça ses ongles dans son cuir chevelu, et l'obligea à s'agenouiller.

Durant tout ce temps, les autres soldats erraient dans la pièce, bavardant en hébreu. L'un d'eux arrachait les photos des murs et fouillait la maison, tandis qu'un autre manipulait les cahiers et les notes scolaires des plus jeunes. Rien ne semblait les dissuader de terroriser la famille : ni les sanglots de Laila et de sa mère, ni les pleurs désespérés des petites. Le père de Laila gardait les yeux baissés, pas parce qu'il craignait pour sa propre vie, mais par souci pour sa famille. Le soldat lui adressa la parole en hébreu. Bien qu'Abu Laila comprît un peu l'hébreu, il ne savait pas le parler et resta muet. Le soldat se mit à le tabasser, lui donnant des coups de pied sur ses genoux pliés et lui assenant des coups répétés dans l'estomac avec la crosse de son arme. La douleur était insupportable, mais le père de Laila l'endura en silence pour protéger sa famille.

Le dernier coup, porté à la poitrine, fut si violent qu'Abu Laila s'effondra au sol, se tordant et gémissant de douleur. Toute la famille regardait, horrifiée, tandis que les soldats braquaient leurs armes vers eux. Laila se demandait si tenter quoi que ce soit aggraverait la situation. L'écho des rires moqueurs des soldats emplissait le salon. Alors qu'ils s'apprêtaient à partir, l'un d'eux décida de conclure le travail. Il cria «*Arab mekhabel!*» – terroriste arabe! –, cracha sur le sol de la pièce, puis visa le père qui souffrait et... bang! Un coup de feu retentit.

Um Laila poussa le cri déchirant qu'elle avait réprimé jusque-là, et Laila et Sarah rampèrent jusqu'à Abu Laila, qui avait déjà perdu connaissance. Au milieu des cris et de la tragédie, la mère oublia la petite Salma, restée couchée par terre. En une fraction de seconde, une explosion ravageuse fit trembler toute la maison. La pièce fut envahie par des nuages de fumée noire, soufflés à travers les fenêtres brisées. La petite Salma avait été touchée.

Laila, Um Laila ct Sarah s'improvisèrent secouristes. Laila bondit pour prendre Salma dans ses bras et la déposer sur les cuisses de sa mère. La jambe de Salma pendait, ne tenant plus que par des morceaux de tissus, de muscles et de tendons. Le sang jaillissait comme une source cauchemardesque. Um Laila ne savait pas si elle devait tenir sa fille ou son mari.

Les sirènes des ambulances se firent bientôt entendre au loin et, sans hésiter, Laila courut vers la porte. Sa mère, qui pleurait encore plus fort, incapable de reprendre son souffle ou de contenir sa douleur, hurla:

— Reste ici, Laila ! Lailaaa... Ma chérie, *habibti*, ne me fais pas ça ! C'est déjà plus qu'assez... Reviens ! Je t'en supplie !

Um Laila pleurait à chaudes larmes, et Sarah joignit ses sanglots à ceux de sa mère.

Déterminée à quérir de l'aide, Laila se tint devant ce qui restait de la porte, essuya ses larmes d'une main et pressa l'autre contre sa poitrine, luttant pour ne pas plier les genoux. Elle essaya de jeter un coup d'œil rapide à ce qui se passait dehors. Il faisait froid, sombre et il pleuvait. Elle distingua trois chars d'assaut au loin, pareils à des spectres des plus terrifiants. Elle entendit une autre ambulance, bien qu'aucune ne soit en vue. Un hélicoptère Apache survolait la maison ; Laila s'agenouilla. Bientôt, des drones vinrent accompagner l'hélicoptère. Des sons encore plus terrifiants remplissaient la nuit. Laila devait se relever. Elle devait sauver son père et sa sœur. Trois autres bombes firent trembler la zone ; l'une tomba dans le petit lopin de terre qui assurait leur subsistance. La bombe ébranla le sol et projeta Laila violemment à l'intérieur de la maison. Laila s'effondra, immobile, le sang s'écoulant de son nez et de ses oreilles, mêlé à ses larmes. L'engourdissement envahit son corps. Elle ne sentait plus rien, n'entendait plus rien.

Laila ouvrit les yeux, encore brouillés, sur une salle bondée où cinq lits étaient disposés. D'autres personnes y reposaient, entourées de leurs familles et de quelques médecins qui allaient et venaient avec précipitation. Elle chercha autour d'elle quelqu'un qu'elle pourrait reconnaître et remarqua Sarah qui agrippait les draps du lit comme elle serrait autrefois son ours en peluche dans son sommeil. Elle était installée au pied du lit, profondément endormie. Laila sentit quelque chose sur son visage – un bandage. Elle tenta de reconstituer qui s'était passé. Avec difficulté, elle réussit à murmurer quelques mots:

— Baba... Salma...

Sarah s'éveilla au son de la faible voix de Laila et à son léger mouvement. Elle prit la main de sa sœur et lui dit:

— Mama est avec eux. Ne t'inquiète pas, ils vont bien.

Laila retomba dans un profond sommeil.

Sarah relâcha sa main et sortit de la chambre. Le couloir était bondé: des personnes étaient allongées çà et là, et il était presque impossible d'y circuler. Certains patients dormaient par terre, d'autres pleuraient, et quelques-uns gémissaient. La scène était insoutenable pour Sarah. Elle trouva un petit coin à côté d'une porte et s'y blottit, repliant ses jambes contre elle, le front posé sur ses genoux. Elle avait déjà tellement pleuré qu'il ne lui restait aucunc larme. Elle ne supportait plus de rester auprès de sa famille. C'était trop pour son jeune cœur. Sarah ne comprenait pas pourquoi tout cela était arrivé. Tout ce qu'elle savait maintenant, c'était ce que signifiaient les Apaches, les F16, les chars d'assaut, les balles, les soldats... du sang.

Abu Laila et Salma survécurent. Salma était trop jeune pour comprendre qu'elle ne marcherait probablement plus jamais. Quant à Abu Laila, la balle qui l'avait transpercé avait gravement endommagé un de ses reins, et les coups de crosse de fusil avaient brisé son sternum. Des gouttelettes de graisse – de minuscules particules issues de la fracture osseuse – s'étaient infiltrées dans son système sanguin et avaient voyagé jusqu'à ses poumons en passant par son cœur. Ces gouttelettes avaient déclenché les mécanismes immunitaires de ses poumons, les remplissant de liquide, ce qui avait empêché l'oxygène de circuler, et provoqué une hémorragie pulmonaire.

La famille resta trois jours à l'hôpital, Abu Laila ayant été placé sous respirateur artificiel jusqu'à ce que les médecins parviennent enfin à stabiliser son état. Après quoi, ils ne pourraient plus rester à l'hôpital. L'offensive était toujours en cours et l'hôpital recevait de plus en plus de cadavres et de blessés ; il manquait donc cruellement d'espace. Beaucoup d'estropiés devaient quitter prématurément les lieux pour faire de la place aux autres.

La radio était le seul moyen de savoir ce qui se passait dans le nord de Gaza, à Beit Hanoun, où résidait la famille. Apparemment, l'invasion de la zone se poursuivait ; il aurait été trop risqué pour eux de retourner à la maison. Pas que l'hôpital, qui avait aussi subi sa part de bombardements, fût plus sécuritaire, mais il était relativement plus sûr que n'importe quel autre endroit.

Um Laila téléphona à sa sœur Mona, qui vivait au centre de Gaza et qui accepta de les héberger. Ensuite, elle alla vers le médecin, le cœur lourd, la petite Sarah s'accrochant fermement à sa main. Elle lui annonça qu'elle avait trouvé un endroit où se réfugier avec sa famille. Le médecin donna à Um Laila quelques perfusions de glucose pour s'occuper de son mari et lui expliqua à elle et à Laila comment les utiliser. Il les prévint aussi des complications médicales potentiellement mortelles qui risquaient de survenir et précisa qu'Abu Laila devrait être ramené à l'hôpital une fois la situation stabilisée. Personne ne savait à quel moment ce serait le cas.

Après cinq jours de terreur, de douleur et de tourment, au milieu des bombardements et de la menace perpétuelle des avions israéliens, la famille arriva chez Mona. Le lendemain matin, tout semblait calme, trop calme ; ce qui avait de quoi les effrayer, car cela signifiait généralement que le pire restait à venir. Cette fois, pourtant, c'était bien la fin de l'offensive. Les tirs et les tueries cessèrent.

Pour la famille de Laila, cependant, la vraie souffrance commençait à peine.

En rentrant chez elle, la famille découvrit que son terrain n'était plus qu'un tas de débris. Toute la récolte de l'année avait disparu. Elle n'aurait d'autre choix que de faire avec ce qu'il en restait, et de réparer ce qui pouvait l'être. Après tout, ce n'était pas la première fois qu'Abu Laila voyait sa terre bombardée ou saccagée. Cette fois cependant, il ne pouvait pas la remettre à neuf ; sa santé était gravement atteinte. Il devrait subir une opération des reins au Caire, ce qui n'était pas possible à Gaza, tout comme le traitement efficace de son hémorragie pulmonaire. Le cas d'Abu Laila était en effet critique. Néanmoins, il n'était pas jugé aussi urgent que celui de centaines d'autres blessés et, en conséquence, on ne lui accorda pas l'autorisation de voyager hors de Gaza pour un traitement médical.

Laila voyait bien que la souffrance de son père n'était pas que physique. Sa douleur était celle de sa famille entière. Il souffrait à l'idée de devenir un fardeau plutôt qu'un soutien, et ce, au moment où Um Laila et les trois filles avaient le plus besoin de lui. Um Laila était partagée entre soigner son mari et sa fille blessés, et gérer la ferme. Laila, de son côté, était déchirée entre courir d'un hôpital à l'autre, s'occuper des papiers de son père et réviser pour les examens qui lui permettraient d'obtenir la bourse à laquelle elle avait toujours rêvé. Quant à Sarah, autrefois une fillette espiègle, elle était désormais prisonnière des images de mort et de destruction, des sentiments de peur, de douleur, de colère et de haine. Sarah n'aurait jamais la possibilité de suivre une thérapie. Elle continuait cependant de s'occuper de la petite Salma, de jouer avec elle, et de dormir près de son père, dont les larmes étaient devenues un rituel nocturne.

L'état de santé d'Abu Laila se détériorait de jour en jour. Quatre mois de souffrance s'étaient écoulés lorsque, un jour, Laila décrocha le téléphone et entendit la voix du médecin lui annonçant qu'à la fin de la semaine, ils enverraient le dossier d'Abu Laila et qu'il aurait peut-être une chance de voyager pour l'opération. C'était la première bonne nouvelle depuis longtemps. Laila n'en croyait pas ses oreilles, sa mère non plus.

— Es-tu certaine qu'il a dit ça ? Laila, tu es bien sûre ? Quand vont-ils l'envoyer ? Quand aurons-nous la réponse ? demanda Um Laila.

Les larmes de joie cascadaient sur son visage.

Elles ne pouvaient pas attendre la fin de la semaine. Ces cinq jours passèrent si lentement que leurs cœurs battaient sans cesse et leurs esprits ne connaissaient aucun répit. Enfin, il allait partir pour son traitement ! Enfin, il pourrait reprendre le travail ! Il pourrait manger normalement, les emmener quelque part, rire du fond du cœur, et il n'aurait plus à se demander constamment s'il allait bientôt mourir. Enfin, Laila pourrait étudier sans être constamment inquiète, et Sarah n'aurait plus à voir son père pleurer en silence ni à entendre ses parents parler de la mort et des difficultés qui les guettent. Et la petite Salma recevrait toute l'attention et les soins dont elle avait tant besoin.

Le jeudi arriva. Enfin. Quand l'horloge sonna six heures du matin, Laila et sa mère étaient déjà debout. Elles préparèrent le petit déjeuner pour toute la famille, s'habillèrent et prirent immédiatement le chemin de l'hôpital. Elles ne pouvaient pas attendre l'appel téléphonique. Elles voulaient vérifier par elles-mêmes.

À la réception, elles demandèrent le docteur Mahmoud. Il n'était pas encore là. Les deux heures d'attente leur parurent plus longues que les cinq jours précédents. Dès que le médecin arriva, Um Laila bondit de son siège et l'interpella avec impatience :

— Docteur Mahmoud !

Le docteur Mahmoud ajusta ses lunettes.

— Oh ! Um Laila... répondit-il en avalant ses mots.

Son expression et son ton n'étaient guère encourageants. Le simple fait de le voir avec cette mine fit frémir Laila et sa mère. Cela leur donna un pincement au cœur aussi douloureux qu'il était silencieux. Devaient-elles l'interroger à propos des papiers ? Ou bien préféreraient-elles ne pas entendre ce qui pourrait les bouleverser, écraser les belles illusions des cinq derniers jours, une nouvelle qui anéantirait à tout jamais ce qu'il leur restait d'espoir ? Chacun des traits du médecin semblait dire : « Ne me demandez rien à propos des papiers. Ne me demandez rien à propos du dossier. Ne me demandez rien à propos de ce foutu traitement ! » Elles ne demandèrent rien. Ni Laila ni sa mère n'osèrent prononcer le moindre mot. Le docteur Mahmoud alla droit au but et déclara :

— Um Laila, écoutez. Votre mari est dans un état critique. Si vous étiez à ma place, enverriez-vous son dossier ou celui d'un bébé mourant qui a plus de chances de survivre ?

Les larmes qui coulaient sur le visage d'Um Laila lui coupèrent toute parole ou question qu'elle aurait pu poser. Il continua :

— Cette semaine, un bébé est né, atteint d'une grave maladie sanguine, et s'il ne voyage pas pour recevoir des soins aussitôt que possible, il pourrait mourir avant même d'avoir appris à marcher. Et, étant donné les circonstances, nous ne pouvons envoyer qu'un seul patient.

Um Laila, sous le choc, inspira profondément, tandis que Laila s'écria violemment :

— Qui êtes-vous pour choisir qui vit et qui meurt ?!

Malgré ses cris, le Dr Mahmoud poursuivit calmement :

— Écoutez, je suis vraiment désolé. Nous n'y pouvons rien. Nous faisons ce que nous pouvons, et si quelque chose se présente, je m'assurerai de vous appeler. Je dois y aller maintenant. Un patient m'attend. Prenez soin de vous, Um Laila, de vos filles, et de votre mari. Que Dieu vous bénisse.

Point final. Il ne restait plus que l'attente. Et cette fois, l'attente du pire. Tout semblait insignifiant. Le temps était insignifiant, tout comme la douleur, l'espoir, la peur. Et la vie des gens était définitivement la chose la plus insignifiante de toutes.

Laila aurait voulu crier, hurler de tout son cœur. Mais elle n'y arrivait pas. Elle se devait d'être forte pour sa mère. Une femme qui pleurait et hurlait au milieu de la salle d'attente, c'était déjà bien assez. Qu'allaient-elles pouvoir dire à Abu Laila maintenant ? Que dire à l'homme qui, il n'y a pas si longtemps, faisait des plans sur ce qu'il ferait pour sa famille une fois qu'il aurait retrouvé la santé ? Rien. Rien du tout.

Abu Laila mourut trois mois plus tard.

En dépit du deuil, Laila, ses sœurs et leur mère essayèrent de se convaincre qu'elles étaient tout de même « chanceuses » comparativement à d'autres. Chanceuses que les murs de leur maison tiennent encore debout, et qu'elles n'aient pas à vivre sous une tente et à endurer la brutalité du froid hivernal et de la chaleur estivale. Salma, qui portait encore des couches lorsqu'elle avait été touchée par un missile israélien, était aussi chanceuse que son cerveau soit toujours en place, qu'elle ait pu recevoir des soins à Gaza, et que le toit de la maison ne lui soit pas tombé sur le corps, obligeant sa famille à déterrer les morceaux de sa chair. Um Laila était chanceuse que sa santé physique soit bonne, et qu'elle puisse subvenir aux besoins de ses enfants. Sarah était chanceuse de ne pas avoir été blessée physiquement, ajoutant à son trouble psychologique. Et Laila était chanceuse d'avoir perdu conscience et de ne pas avoir été témoin de ce qui ne pouvait être qualifié que d'enfer sur Terre, avant que sa famille soit transportée à l'hôpital. Elle était aussi chanceuse d'avoir gardé la capacité de se concentrer suffisamment pour réussir ses examens et obtenir la bourse à laquelle elle avait toujours rêvé. Le calvaire de la famille n'était pas si grand quand on le plaçait sur la balance de la gravité des tragédies courantes à Gaza.

Laila ne détestait pas le petit bébé dont le dossier avait eu priorité sur celui de son père. Elle détestait seulement Israël pour avoir créé cette situation où un médecin devait choisir. Elle souhaitait que ce bébé survive, grandisse et devienne un combattant pour la liberté. « Non, je ne peux pas abandonner la médecine. Pas après tout ce qui est arrivé » murmura-t-elle, à mi-voix.

Assise dans sa chambre, dans la lumière agonisante de la bougie, elle entendit le bruit d'un Apache israélien qui déchirait le ciel. Elle leva les yeux, et, dans ce moment de faiblesse, en souvenir de toute la souffrance qu'avait provoqué la blessure de son père, elle marmonna entre ses dents serrées :

— La prochaine fois, faites votre travail jusqu'au bout. Quand vous nous bombardez, bombardez-nous pour en finir. Et quand vous nous tirez dessus, de grâce, tirs mortels uniquement.

OMAR X

Yousef Aljamal

Traduit par Kev Lambert

La nuit est silencieuse. La lune se cache derrière de rares nuages d'été. Le sourire d'Omar trahit son jeune âge. Ses pieds battent le sol, cherchent la bonne route. Un bruit assourdissant trouble l'atmosphère paisible du camp de réfugiés encore populeux à cette heure. Omar habite ici avec sa famille depuis 1948. L'hélicoptère approche. On l'entend. Plus tôt, le bruit trop familier des chars d'assaut l'a tiré du sommeil. Il a pensé *je ne dormirai plus.* A enfilé son uniforme kaki, attrapé son arme et, en frottant le canon rouillé, s'est précipité hors de la maison. Il attend près de l'entrée pour s'assurer que personne ne le voit. Ses yeux balaient la rue. Ils croisent ceux de son ami, mort il y a trois mois. Son portrait est immortalisé sur un mur du camp. Ses yeux couleur de miel le réconfortent. L'hélicoptère s'éloigne, le silence baigne l'air de nouveau.

Sa'ad retrouve Omar enfin. Ensemble, ils se dirigent vers l'orangeraie. Sa'ad insiste pour entrer le premier. Aucun soldat dans les parages ; Sa'ad lui fait un signe de la main. Omar le suit.

— On devrait s'approcher de l'édifice central, chuchote Omar. De là, ça va être plus facile de voir.

L'herbe sous leurs pieds est fraîche ; ils froissent les branches en avançant. Sa'ad s'arrête pour charger son arme. Omar fait de même. Ils se tiennent immobiles. Une seconde. Le silence devient encore plus clair. Tout est clair, trop clair : ce silence est artificiel. Omar et Sa'ad n'ont pas le temps de parler. Leurs regards se croisent. Des tirs se déversent de l'édifice, les atteignent. Omar s'écroule au sol.

— Fais attention ! Couche-toi par terre ! Sa'ad, sous le choc, a crié.

D'autres balles filent autour d'eux.

La vie d'Omar lui apparaît dans un flash. Il se revoit enfant, gâté par son père. Il se revoit étudiant, lançant son argent de poche pour protester contre ses parents. Les piécettes se dispersant sur le toit rouillé de leur maison. Il se revoit manifestant, à l'avant du groupe, le jour où son camarade a été tué. Il se revoit musicien, chantant pour la liberté. Il se revoit combattant.

Le corridor étroit et poussiéreux de la maternité est peuplé de membres de sa famille, souriants, venus féliciter ses parents. Des mois avant sa naissance, on a choisi son prénom pendant un rassemblement. Le camp de réfugiés était alors sous couvre-feu.

— Père ! Mon frère aîné a donné ton nom à son premier-né, Ibrahim. Je ne peux pas donner à mon fils le même prénom : Abu Ibrahim. Je vais l'appeler Omar. Ce nom évoque à la fois douceur et force, avait déclaré le père d'Omar.

Grand-père Ibrahim est satisfait du nom, même s'il ne respecte pas la tradition. La mère d'Omar ne veut pas s'opposer au zèle de son mari concernant le nom du fils. À sa naissance, le garçon a été emporté par sa grand-mère pour être nettoyé, telle que le veut la tradition. C'est bien suffisant.

— À la Palestine, avec honneur ! Que tu puisses devenir un bel homme. Que tu puisses éviter les soldats israéliens sur ton chemin. Combats-les seulement s'ils s'en prennent à toi. Longue vie à toi, mon enfant, chante le père d'Omar.

Ils reviennent d'un voyage imprévu dans les territoires occupés. Pour échapper au couvre-feu, la mère et son nouveau-né se faufilent dans la nuit jusqu'à leur maison de tôles. Plus tôt, cinq soldats ont arrêté la voiture pour un contrôle de routine, avant de les autoriser à conduire jusqu'à l'entrée du Bloc A. Le quartier porte le nom d'une prison britannique construite dans les années 1940. Un soldat israélien, qu'il est impossible de confondre avec un réfugié, se tient au checkpoint. Il regarde la mère qui fait entrer un autre enfant dans le secteur, reconnu parmi les militaires pour ses jeunes lanceurs de cailloux, de roches, ou d'autres objets.

— Vous avez quoi sur vos genoux ? s'enquiert-il.

— *Yilid*, répond la mère d'Omar en prononçant le mot hébreu signifiant « enfant ».

Le chauffeur s'allume une cigarette sans arrêter la voix de Fairouz, qui chante à la radio « Nous retournerons un jour chez nous ». Il veut que le soldat l'entende.

Une deuxième balle atteint Omar.

— Tu vas finir par l'étouffer à force de poser tes lèvres comme ça, sur chaque centimètre de son visage... Il pleure, vois-tu ? S'il-te-plaît, arrête de l'embrasser comme ça..., se plaint la mère d'Omar.

— Mon amour pour lui est sans fin. Il grandit chaque jour, mais il ne vieillit pas, répond le père d'Omar en continuant ses embrassades.

Une nuit de pleine lune, une autre nuit silencieuse. Le jeune Omar rêvasse. La lune ce soir a vraiment l'air d'un immense ballon. Les soldats pénètrent sans s'annoncer dans sa chambre. Ils prétendent chercher un enfant qui leur aurait lancé des pierres, plus tôt. Sa mère prend Omar dans ses bras pour le protéger des regards rouges des soldats qui envahissent la chambre. Elle n'imagine pas son fils comme un guerrier. Elle déteste les armes à feu.

— Dors, mon petit enfant. Mon amour, endors-toi.

Elle chante pour le réconforter des terreurs de l'enfance.

Plus rapide que le vent et ses effluves de poudre à canon, Omar grandit dans une maison rouillée, qui rétrécit à mesure que la famille s'agrandit. Omar réalise que les soldats, qui l'effrayaient sur la route de la garderie alors qu'il n'avait que cinq ans, continuent d'envahir chacun des aspects de sa vie.

Omar a une belle voix. Sa voix est si belle qu'elle coupe le souffle. Elle mène Omar à rencontrer une foule de gens. Il performe partout ses chants de résistance. Il rencontre même une bande de jeunes hommes, qui s'adonnent à être des combattants. Omar décide de se joindre à eux, pour protéger le camp des raids incessants de l'armée.

Un troisième tir brise le silence, atteint le corps d'Omar.

— Maman, je suis sérieux. Je veux de l'argent. Pour m'acheter une arme et combattre les soldats. Ils tuent des enfants, ils tuent des femmes. Je n'ai pas le choix.

Elle aime son premier-né plus que tout au monde. Elle n'arrive pas à le retenir. Elle voudrait qu'il se concentre sur ses études, qu'il réussisse ses examens finaux.

— Termine ta dernière année, ensuite, tu prendras une pause, le supplie-t-elle.

— Je vais t'apporter un diplôme, Mère. Tu vas être tellement fière que tu vas remercier le ciel, promet Omar.

Il saigne. Il pense à une chanson qu'il aime et qu'il chante depuis toujours :

Ma mère m'a préparé un lit confortable.
Ma mère m'a donné un oreiller en cuir
et m'a souhaité le bonheur éternel.
Ma fiancée brille comme un diamant...

Omar est trop faible pour sortir son téléphone et faire ses derniers adieux à sa famille. Il continue de saigner, les balles le touchent sans arrêt. Il balance la tête. Sa'ad est allongé face contre terre, sans vie. Omar a tout juste assez de force pour une dernière chose. Il étire le bras vers le corps de Sa'ad. Avant qu'il puisse l'atteindre, sa main retombe.

NOUS REVIENDRONS

Mohammed Suliman

Traduit par Perrine Leblanc

Abu Ibrahim traînait les pieds alors que son corps affaibli se débrouillait avec le fardeau sur ses épaules. Ses pieds essayaient de le porter le plus loin possible, et même s'il lui arrivait de chanceler, il ne tombait pas. Abu Ibrahim n'était pas seul. Derrière lui, il y avait une longue file : c'était sa famille. Il était accompagné de ses deux femmes et d'une douzaine de ses enfants âgés de cinq à vingt-deux ans. Abu Ibrahim était parti, mais il ne savait pas où il allait. Il y avait des centaines de personnes autour de lui et tout le monde avait fait la même chose. Tout le monde était parti, mais chacun ignorait où il allait. Il y avait Abu Ahmed et sa femme flanqués de leurs deux fils mariés, leurs deux fils célibataires et leurs quatre filles. Derrière eux, la file n'était pas moins importante que celle qui suivait Abu Ibrahim. Abu Naser et une vingtaine de ses proches n'étaient pas loin, dans la même colonne. Fatigués par les charges qu'ils devaient porter, ils étaient tous partis. Où allaient-ils ? Ils n'en avaient aucune idée.

Dans la poussière de plus en plus dense soulevée par les pieds fatigués des exilés qui essayaient de rester debout, on n'entendait rien d'autre que le bruit chaotique des chaussures qui râclaient le sol rugueux, rocailleux, et qui, de temps à autre, trébuchaient sur une pierre. Les gens erraient, tous courbés par le poids des charges sur leurs épaules et leur dos. Ne sachant pas trop où aller, ils marchaient et continuaient de marcher. La seule chose qu'ils savaient, c'est que c'était un jour sombre, car quelqu'un était venu pour les obliger à quitter leurs maisons, leurs fermes et leurs oliviers, et comme ils avaient dit « non », on avait pointé sur eux un fusil pour les obliger à partir, alors ils étaient partis en espérant pouvoir revenir un jour. Comment ? Ils n'en avaient aucune idée.

C'était la *Nakba*. Et depuis, ils avaient changé deux ou trois fois de destination, contraints chaque fois de dire « non » à l'enfant qui demandait : « Est-ce qu'on rentre ? » Leurs fardeaux devenaient de plus en plus gros et lourds, et les chemins qu'ils empruntaient ne semblaient pas faire réapparaître leur propre village.

Le soleil venait de tomber lorsqu'Abu Ibrahim, Abu Ahmed et Abu Naser se rassemblèrent autour d'un petit feu pour discuter de leur avenir incertain. Leurs familles s'étaient installées calmement sous le vaste ciel étoilé, le vent soufflant en rafales à travers les arbres et les tentes qu'ils avaient dressées avec leurs haillons. La marche chaotique avait cessé à la tombée du jour ; le silence, le feu qui crépitait et le vent qui sifflait de temps à autre l'avaient remplacée. Alors que le vent soufflait, le crépitement du feu devenait de plus en plus effrayant, interrompu à l'occasion par les gloussements des petits enfants qui se tortillaient et riaient à gorge déployée lorsque leur mère leur chatouillait les aisselles.

Abu Ibrahim engagea la conversation en poussant un profond soupir qu'on aurait pu confondre avec le gémissement d'une jument arabe qui, seule au cœur de la nuit, pleure la mort soudaine de son petit poulain. C'était en réalité un gémissement d'Arabe dont le père lui avait appris à être aussi fier que le soleil avant même qu'il ne sache écrire son propre nom, et dont la fierté avait été blessée.

— *Be'een Allah, ya Abu Ibrahim.* Dieu va nous aider, Abu Ibrahim, répondit aussitôt Abu Naser au soupir de détresse de son voisin qui, sans but précis, traçait des cercles dans le sable.

Le silence retomba.

Puis la voix d'Abu Ahmed, qui égrenait habilement son chapelet, s'éleva :

— Dieu nous aidera. Je pense que les Arabes, en particulier le gouvernement égyptien, ne resteront pas silencieux. Ils feront quelque chose pour nous ramener chez nous.

— Oui, acquiesça son vis-à-vis.

— Et n'oubliez pas qu'il y a nos frères, les Saoudiens, dit Abu Ahmed.

Remarquant les hochements de tête approbateurs d'Abu Naser, il parlait de plus en plus fort.

— Et les Jordaniens, les Syriens, et les Irakiens, et les Algériens, et tous nos frères arabes. Ils viendront tous nous aider à chasser ces brutes de notre pays.

— Oui, ils le feront !

Prenant son courage à deux mains et vibrant à l'enthousiasme manifesté par son voisin, Abu Naser cessa de hocher la tête pour prendre part à ce discours passionné.

— Ils vont écraser ces animaux et les expulser d'ici !

Tandis qu'Abu Naser exprimait son optimisme pour requinquer le moral des troupes, Abu Ahmed reprit soudain un air maussade, comme si, dans ce très court laps de temps, il avait changé d'avis sur les Arabes. Et à la grande déception d'Abu Naser, il se tut. Celui-ci attendit encore et encore, mais Abu Ahmed ne dit rien. Ça s'arrêta là, et le silence régna à nouveau dans la petite assemblée éclairée par le feu.

Après cette courte parenthèse silencieuse, Abu Ahmed reprit la parole, mais cette fois d'une voix calme, basse et hésitante, les yeux fixés sur les gribouillis que son rameau dessinait dans le sable sans jamais rencontrer ceux des autres.

— Oui, peut-être qu'ils le feront, mais nous ne savons pas combien de temps cela prendra.

Il avait l'air de s'adresser à lui-même plutôt qu'à ses compagnons.

— Cela peut prendre une semaine, deux, un mois, deux mois, et même la moitié d'une année. Qui sait ?

Abu Ibrahim prit soudain la parole :

— *Fal Allah wala falak ya zalame.* Dieu nous en préserve !

Puis il ajouta, en écarquillant les yeux d'un air furieusement étonné :

— Mais qu'est-ce que tu dis ? Une demi-année ? Tu crois que nous allons rester dans ces tentes pendant une demi-année ? Non, non, non. Je ne crois pas.

Abu Naser et Abu Ahmed voulurent tous deux dire quelque chose. Ils échangèrent des regards pendant un moment, chacun attendant que l'autre dise ce qu'il voulait dire. Chacun ouvrit la bouche, allait se lancer, hésita, fit une pause et, à la fin, tous deux restèrent silencieux. Personne ne prit la parole. Personne n'eut le courage de dire qu'il avait réalisé ce qui deviendrait plus tard un fait. Aucun ne voulait dire à Abu Ibrahim - ou plutôt lui rappeler - qu'il faudrait peut-être attendre un peu plus d'une demi-année avant qu'ils puissent regagner leurs maisons, leurs terres, leurs fermes et leurs oliviers. Et ça s'arrêta là.

Pendant ce temps, Um Ibrahim, dans sa robe noire brodée d'un motif rouge vif, tenait en équilibre sur sa tête une cruche d'eau en poterie, son enfant qui allait pieds nus la suivant de près. Elle s'approcha de son mari en trottinant et lui dit :

— *Ayzeen 'amalko shay?* Veux-tu que je te fasse du thé ?

— Oui, fais du thé. Pourquoi pas ? répondit Abu Ibrahim.

Il avait maintenant rejoint ses deux voisins qui dessinaient des cercles dans le sable.

Les trois hommes poursuivirent cette activité relaxante en silence. C'est vrai que ça les apaisait, car les rameaux serrés dans les poings des fermiers étaient maintenant complètement enfoncés dans le sable. Cela dut les réconforter de planter un rameau dans le sable. Ce n'est qu'à ce moment-là qu'Abu Ibrahim sentit son malaise grandir alors que le silence gagnait du terrain. Pour briser ce silence, il improvisa un chant :

— *Raj'een ya blady*. Nous reviendrons, Ô patrie...

Il fut rejoint par Abu Ahmed qui répéta le vers après lui sur une octave supérieure. Sensible à la tonalité enflammée de cette chanson, Abu Naser ne put s'empêcher, à son tour, d'élever la voix pour prendre part au chant.

— Nous reviendrons, Ô patrie, nous reviendrons.

Comme ils chantaient tous en même temps, l'hymne était un peu bancal. Il n'y avait pas d'harmonie, car tout le monde chantait de son côté, et chacun voulait imposer son propre rythme aux autres, ce qui donnait l'impression que chacun coupait la parole à l'autre, plutôt que de chanter avec lui.

— *Oh w ba'den ya jama'a*. D'accord, et ensuite ? lança Abu Ibrahim, furieux. Allez-vous continuer à bêler comme ça ?

— O.K., on recommence, répondit Abu Ahmed.

— *Mashi*, ça marche, dit Abu Naser.

— En cadence, sur la même tonalité, n'oubliez pas, leur rappela Abu Ibrahim. *Wahad tneeeeen talata*. Un, deuuuux, trois.

Raj'eenlek ya bladee, raj'eenlek rajeen.

Nous reviendrons vers toi, Ô patrie. Nous reviendrons.

Raj'een la qaryetnah, raj'eeen la hakoretna.

Nous reviendrons dans notre village. Nous retournerons à notre champ.

Raj'een ya zaytonah, raj'een ya laymoah.

Nous reviendrons, Ô olivier. Nous reviendrons, Ô citronnier.

Ils reprirent ensemble le chant, en gardant le rythme et la tonalité qu'ils avaient choisis au départ. Abu Ibrahim les guidait en partageant avec eux les paroles et l'air qu'il improvisait au fur et à mesure. Mais quelques instants à peine s'étaient écoulés qu'Abu Ibrahim reprochait déjà à ses deux voisins de ne pas avoir réussi à chanter en harmonie.

— On recommence, dit-il.

Les trois hommes n'arrivèrent à chanter en harmonie que pendant quelques instants chaque fois. Ils s'y essayèrent encore et encore, jusqu'à leur soixante-cinquième tentative, mais jamais ils ne réussirent à unir leurs voix. Ils bêlaient vraiment. Et enfin, épuisé par la longue distance qu'il avait parcourue, et voyant l'inutilité de ses efforts pour suivre les deux autres hommes, Abu Naser s'endormit, suivi de près par Abu Ahmed et Abu Ibrahim. Le feu s'était éteint et, de temps en temps, une brise froide et légère soufflait sur les tentes à demi dressées. Tout le monde s'était endormi.

Au petit matin, les trois hommes, Abu Ibrahim, Abu Ahmed et Abu Naser marchaient, le dos courbé par le fardeau de leurs possessions qui pesaient sur leurs épaules. Leurs fils, leurs filles, leurs épouses, de même que des centaines de personnes qui, ici et là, avaient toutes fait la même chose, les suivaient.

Ils étaient partis.

ENSEVELIE

Rawan Yaghi

Traduit par Gabriel Robichaud

Je ne sais même pas si mes yeux sont ouverts.

Après le chaos, tout semble si calme. Je sens la poussière sur mon visage. Elle bloque mes narines, et chaque fois que je respire, cela ne fait qu'empirer. Je respire par la bouche. Ma respiration se bute à la brique. J'entends le faible cri d'une sirène, puis rien. Rien que le son de mon souffle. L'un de mes bras est piégé sous les vestiges de mon lit, l'autre sous un amas de briques. Mes orteils, mes chevilles et mes jambes sont condamnés, impossible de les bouger. La douleur est si vive que je n'arrive pas à en déterminer la provenance. Je n'ai jamais été enfermée dans un si petit espace. Mon monde entier soudain restreint et exigu.

J'ai peur. J'attends, j'attends. Alors que la peur s'empare de moi, j'essaie de me souvenir de tous les événements heureux de ma vie, comme ma mère me l'a déjà conseillé, bien qu'il y en ait peu : le mariage de mon grand frère, le retour de ma grand-mère de La Mecque, avec pour moi une poupée chantante, le dernier *Eïd* et l'*eïdiyya* que j'ai reçu, le plus généreux qu'on m'ait jamais offert, ma mère revenue à la maison, un nouveau bébé dans les bras – je ne sais si c'était un moment heureux pour moi, mais la joie dans les yeux de mes parents en cajolant ce petit être était indéniable.

Mon souffle m'effleure le visage avec l'odeur d'objets grisâtres plutôt que le parfum du jardin, qui me caressait le nez et les joues pour me consoler et me dire que tout irait bien. Je pleure. Le ciel est sans étoiles. Je réalise que mes yeux sont fermés, et mes cils, collés les uns aux autres. Ça m'est égal. Fermés ou ouverts, cela revient au même. Je pleure tellement que mes larmes mêlées à la poussière coulent comme de la boue sur mon visage et le bord de mes joues jusqu'à glisser à l'intérieur de mes oreilles. J'ai sans doute déjà beaucoup saigné puisqu'une douleur horrible commence à se manifester dans ma poitrine. L'arrière de ma tête me tire de plus en plus vers le bas chaque fois que je crie. Je suis convaincue d'avoir suffisamment de force pour pousser tout ce qui se trouve autour de moi. Pourtant, rien ne semble vouloir bouger. J'ai désespérément besoin de me lever et de courir dans les bras tendres de ma mère. C'est là que je me rends à l'évidence : personne ne viendra me chercher. Il n'y a aucun mouvement dans la maison. Je m'abandonne aux larmes.

Je veux aider. Je m'efforce de bouger. Un muscle. Un orteil à la fois. Je sens quelque chose de très pointu qui me transperce la peau. Je ne pleure plus. J'attends. Je saigne.

QUINZE MINUTES

Wafaa Abu Al-Qomboz

Traduit par Laura Doyle Péan

— Maman, je veux voir Papa. Tu dois l'appeler et lui dire de revenir à la maison. Tu m'entends ? dit Islam, irrité.

— Islam, pourquoi cries-tu comme ça ? Attends une minute et je vais l'appeler, répondit sa mère.

— D'accord, d'accord. Je suis désolé. C'est juste que je veux peindre quelque chose. Papa m'aide toujours ; il est un excellent peintre. L'enseignante a demandé à tous les élèves de la classe de peindre une carte de leur village d'origine, expliqua-t-il. Je sais que mon pays est le plus beau, alors ma carte sera fantastique. Papa me l'a dit quand j'ai commencé la quatrième année.

Islam s'apprêtait à sortir de sa chambre, mais hésita un peu. Quelque chose sur le mur l'interpella. Il le voyait tous les jours, mais il n'arrivait pas à comprendre ce que c'était. Cette fois-ci, il avait l'impression que ça allait prendre vie ; les arbres se balançaient sauvagement, les nuages, menaçants, se pointaient dans le coin supérieur droit. C'était si vivant. Il prit un moment pour contempler l'image. C'était un tableau que son père l'avait aidé à peindre, seulement cette image ne montrait pas le soleil. Ça lui déplaisait. Il courut vers sa mère.

— Papa, il est en retard...

Islam se précipita à nouveau vers l'image sur le mur.

— Maman, Maman... Je te parle. Tu m'écoutes ? appela Islam depuis l'autre pièce.

Sa mère se déplaçait dans la maison comme si de rien n'était, comme s'il ne parlait pas, comme s'il n'était pas là du tout.

— Je me rappelle quand on vivait dans cette maison. C'était une petite maison. Le vieil arbre, oui, que Papa avait planté. Oui, il l'avait planté. Ou peut-être que c'était Grand-papa. Non, c'est moi qui ai planté cet arbre, déclara-t-il, espérant que sa mère vienne voir.

Islam jeta un coup d'œil à sa mère. Elle lui paraissait vraiment fatiguée. Il voyait ses yeux se rétrécir et s'assombrir de jour en jour. Il aurait tant voulu que son père soit là pour l'aider, mais son papa passait le plus clair de son temps à l'extérieur de leur maison. Il ne semblait pas avoir le temps d'aider à la maison, à moins qu'il n'y ait une chose lourde à soulever. Islam voulait être fort comme lui. Peut-être pourrait-il aider sa mère, et alors elle aurait le temps de lui parler au lieu qu'il se parle constamment à lui-même. Il était seize heures tapantes et son père n'était pas encore rentré. Sa mère lui avait un jour dit que son père était « recherché ». Il ne savait pas ce que cela signifiait, mis à part qu'il ne le voyait pas souvent.

— Il rentrera sans doute avant la nuit, espéra Islam.

— Islam... Islam, réveille-toi ! appela une voix nasillarde.

Il se tourna vers la voix. Sans trop y prêter attention.

— Islam, Islam.... Ton père sera là bientôt. Il restera quinze minutes cette fois-ci. Tu sais que ton père est très occupé, alors sois poli, conseilla sa mère.

— Quinze minutes ? D'accord, je lui donnerai alors quinze minutes.

Elle sourit.

— Tu es un vilain garçon, n'est-ce pas ?

— Mais il est très en retard, et...

Il sourit à son tour en contemplant à nouveau le tableau accroché au mur de sa chambre.

— Ma carte sera la meilleure, Maman. Papa la peindra pour moi. Bon, je l'aiderai un peu, bien sûr. En plus, c'est la carte de notre pays et de notre maison. C'est ma carte. Il me fait toujours choisir les couleurs (à part la fois où j'avais choisi le rouge et il avait suggéré le vert) et me permet parfois de colorier. C'est une des rares choses que je peux faire avec Papa. Il est toujours occupé. La dernière fois, il m'a promis de me laisser faire tout le coloriage. Mamaaan, je te le dis, je n'apporterai pas la carte avec moi à l'école si Papa ne vient pas comme tu l'as dit.

Il espérait que son père ne le laisserait pas tomber. Il voulait apporter la carte à l'école et la montrer à tout le monde. Il voulait s'en vanter, se vanter d'avoir travaillé avec son père pour qu'elle soit parfaite.

— Islam, Islam.... Réveille-toi vite. Argh, tu es tellement paresseux, man! grogna Joe, en frappant Islam avec les deux oreillers du sofa.

La voix de Joe crispait les nerfs d'Islam.

— Islam, tu vas être super en retard ; tu sais que tu vas être super en retard. Si tu ne te réveilles pas, je vais devoir...

— Non, s'il-te-plaît, juste quinze minutes. Le mémoire de maîtrise, je sais, je sais. Mais s'il-te-plaît, donne-moi juste quinze minutes. Ne m'asperge pas. C'est tellement froid. Ah, tu sais, j'aime mon thé avec un peu de sucre. S'il-te-plaît, laisse-moi dormir quinze minutes encore. J'ai besoin de ces quinze minutes.

— D'accord, je te donnerai quinze minutes, répondit Joe.

Islam sortit sa main de sous l'oreiller, toucha doucement la carte encadrée au chevet de son lit pour s'assurer qu'elle était toujours là, et se rendormit.

— Tu es enfin rentré, Papa. Tu es enfin à la maison, murmura t il dans son sommeil.

LEUR MAISON

Refaat Alareer

Traduit par Ananda Devi

Ils étaient debout, immobiles. Ils contemplaient leur maison dans ses moindres détails. Salem avait certes douté du plan de son père, mais ils se demandaient à présent si c'était la vue de leur maison, trois ans plus tard, qui leur donnait de tels frissons.

Elle se situait sur une petite colline surplombant des vergers d'oliviers et de citronniers qui s'étendaient vers l'ouest. Un tapis vert à perte de vue, fait main, que seuls les filaments rougeoyant de l'aube rattachaient à ce ciel très clair. Leur maison était là, enfin, devant eux. La dernière étape, ils s'en rendaient compte, serait la plus périlleuse, voire fatale. L'espoir du retour était leur seul but, leur seul recours. Abu Salem espérait parvenir jusqu'à la maison ; son fils espérait qu'ils ne seraient pas pris pour cible, ou pire, arrêtés. Abu Salem portait une petite sacoche, presque de la même couleur que sa veste. Son fils avait insisté pour la porter, mais il avait refusé.

Plus Abu Salem se rapprochait de la maison, plus il se hâtait, comme attiré par une sorte d'aimant.

Sur le toit de la bâtisse à deux niveaux se trouvait toujours la tente qui avait été là trois ans plus tôt. Abu Salem avait monté cette tente dès qu'il avait emménagé dans la maison, pour ne pas oublier les jours passés avec sa famille dans un camp de réfugiés de Qalandia. Oublier, pensait-il, aurait été impardonnable, comme si l'on se rendait à un ennemi alors qu'on avait encore plein de munitions ; hors de question. Son rituel quotidien, dès lors, fut de se remémorer chaque jour ce temps où la seule autorité à laquelle il devait se plier était celle de son père ou de son grand-père.

Après avoir passé trois heures, leur semblait-il, à marcher, à s'accroupir et à se dissimuler, ils finirent par arriver jusqu'à la maison. Les derniers cent mètres furent les plus difficiles. La maison était si proche, et pourtant inatteignable. Une fois parvenus à la partie encore inachevée du Mur, ils rampèrent et s'immobilisèrent plusieurs minutes au passage des véhicules de patrouille et des chiens errants.

Abu Salem, un réfugié de soixante-et-un ans, avait enseigné l'anglais dans son village de Ni'lin, en Cisjordanie. Son fils Salem l'accompagnait lors de ce retour à la maison que la force d'occupation avait confisquée, il y avait exactement trois ans de cela. Au fur et à mesure qu'il vieillissait, Abu Salem était devenu de plus en plus obstiné. Ça, c'était l'occupation qui le lui avait appris. L'enseignement lui avait appris à s'exprimer et à discuter avec âpreté. Quant à Salem, ce que l'occupation, son père, et le métier d'enseignant de son père, lui avaient appris, c'était se taire et obéir encore et toujours.

En premier lieu, Salem avait été triste de laisser son père y aller, même s'il n'en avait pas eu le choix : il lui avait fallu, cette fois-là encore, lui obéir. L'idée même de retourner était absurde, quasi surréelle. Cela l'embarrassait parfois d'entendre son père parler de rentrer à la maison, comme les gens normaux qui, dans des circonstances normales, disent qu'ils rentrent à la maison du travail ou de l'école. Son père, affirmait Salem, oubliait la réalité, telle qu'elle se présentait : ils ne pouvaient tout simplement pas rentrer – pas maintenant, pas de cette manière, pas avec toutes les mesures de sécurité et ce Mur gigantesque qui sillonnait leurs vies. Salem tentait toujours d'énumérer ces raisons avec la même précision. Mais pour l'instant, c'était son père qui avait raison : le voyage de retour n'avait été rendu impossible que par leur propre raisonnement. Une fois qu'ils seraient arrivés, l'impossible serait devenu possible. Possible, oui, mais le danger, pensait Salem, les guetterait de partout.

— Comment ? avait demandé Salem, la première fois que son père lui avait dit qu'il allait rentrer et qu'il souhaitait que Salem l'accompagne.

Mais après toutes ces années, les efforts futiles de son père avaient cessé de le surprendre : tenter de s'opposer au bulldozer qui avait détruit une partie de son champ, intenter un procès coûteux pour interdire la confiscation de sa maison, chercher désespérément quelqu'un qui transmettrait sa lettre bouleversée à la famille juive qui prendrait la maison afin d'éveiller leur compassion, et à présent ce voyage à travers des terres montagneuses pour tenter de revoir leur maison une dernière fois. Tout ce qu'il désirait, répétait-il à Salem, c'était la voir une dernière fois, cette maison qu'il avait construite de ses mains et qu'il ne pouvait plus voir à cause du Mur.

— J'en ai déjà parlé à ta mère et elle n'a aucune objection, pourvu que je t'emmène avec moi, lui dit-il.

— Comment ? répéta Salem, les dents serrées.

Abu Salem, visiblement, hésitait à donner des détails à son fils. Mais lorsqu'il commença à décrire son plan, Salem comprit que la réponse avait été soigneusement élaborée dans sa tête, comme lorsqu'il préparait un cours difficile.

Abu Salem expliqua qu'il avait passé ses dernières promenades matinales à vérifier comment rendre l'entreprise moins dangereuse, à se familiariser avec le chemin à suivre, et à demander leur avis aux bergers locaux. Il en était arrivé à la conclusion que l'aube était le meilleur moment. Était-ce un sourire qui s'était fugitivement esquissé sur le visage de son père après qu'il avait révélé son plan ? Salem aurait juré que ses yeux s'étaient mis à briller. Cela n'arrivait que lorsqu'un projet s'était emparé de son esprit et de son cœur.

— Donc, passé minuit, nous nous dirigeons vers la partie inachevée du Mur. Nous arriverons avant l'aube. Il fera encore nuit et les patrouilles seront somnolentes ou trop fatiguées pour être sur le qui-vive.

Abu Salem énonçait les choses très simplement, tout en ignorant le regard incrédule de son fils.

— Vas-tu engager un pisteur ? demanda Salem.

— Je sais comment me rendre jusqu'à ma maison. Je n'ai pas besoin de stupides pisteurs, s'irrita Abu Salem.

— On approche, murmura Abu Salem, se parlant à lui-même plutôt qu'à Salem.

— On approche de quoi ? Papa, ce qu'il y a entre nous et notre maison c'est la mort ! Ces quelques centaines de mètres sont toujours surveillées par les soldats. Partons avant qu'il ne soit trop tard.

Pour une fois, Salem avait trouvé le courage d'exprimer ses craintes. Il avait vu que la situation était bien pire que ce à quoi il s'attendait.

— Si tu veux t'en aller, vas-y. Au moins j'aurais essayé, quitte à en mourir, déclara son père, tout en espérant que Salem ne partirait pas.

Salem ne partit pas.

Le plan d'Abu Salem semblait malgré tout fonctionner parfaitement. Le lieu était calme ; ils traversèrent le Mur sans problème. Mais au moment précis où ils commençaient à se détendre, le bruit d'une voiture militaire les remit à genoux.

Ils se cachèrent derrière un petit tas d'ordures. Juste avant que la Jeep disparaisse, Abu Salem s'empara d'une branche, la tira derrière lui et franchit en courant le chemin, à l'abri de la poussière soulevée par le véhicule. Il fit des signes à Salem, qui ne comprenait pas pourquoi son père faisait cela, surtout avec la Jeep encore en vue.

— Pourquoi tu n'as pas pris une branche ? demanda son père lorsque Salem le rejoignit.

Ils étaient tous les deux visiblement irrités.

— Et toi, pourquoi l'as-tu fait ?

— Tu aurais dû avoir tiré une branche derrière toi pour effacer les traces de tes pas, répliqua sèchement Abu Salem.

— Espérons que la poussière et le vent les recouvriront.

Leur maison et les arbres leur offraient à présent un refuge, à quelques mètres du Mur. Abu Salem passa les cinq prochaines minutes à examiner la maison et ses environs. À son expression, il était clair que quelque chose n'allait pas. Salem tentait d'observer en même temps son père et la maison, tout en surveillant les alentours.

— Toute occupation est vile et insultante. Mais je n'ai jamais entendu parler d'une occupation plus perfide que celle-ci. À moins que leur seul but soit de nous torturer, il y a quelque chose de terriblement malsain dans leur tête. Des malades ! s'écria Abu Salem.

Salem ne comprenait pas trop la raison de cet éclat soudain.

— Qu'est-ce qui ne va pas ? demanda-t-il.

— Qu'est-ce qui ne va pas ? Rien ! C'est ça qui ne va pas !

Salem, n'ayant aucune envie de subir les sautes d'humeur habituelles de son père, ouvrit la bouche pour répéter la question, mais aucun mot ne sortit.

— La seule chose qui m'empêchait de rentrer après toutes ces années, c'était la peur de ne pas reconnaître ma propre maison. Mais il n'y a aucun signe de détérioration. Elle est debout, là, tout comme il y a trois ans. Ils se contentent de venir dans ta maison ou ta ferme et de te jeter dehors. Et après, ça leur appartient. Regarde ces vergers d'oliviers. Ils laissent les fermiers travailler dur toute l'année, et ensuite, au moment de la récolte, ils arrivent avec leurs armes lourdes et ils prennent – volent ! – les olives. C'est comme s'ils n'avaient plus besoin de compter sur leur supériorité militaire ; ils doivent aussi s'offrir le plaisir de nous gifler et de nous humilier. C'est comme s'ils disaient : « Nous prenons ce qui t'appartient. Et alors ? Qu'est-ce que tu vas faire ? »

Abu Salem s'interrompit pour reprendre son souffle.

— Aujourd'hui, je te le jure, je vais leur montrer de quoi nous sommes capables. Ils peuvent se moquer de nous, mais aujourd'hui je vais me moquer de leur orgueil, de leur sécurité.

Salem n'avait jamais pensé à tout cela de cette façon. Son père avait toujours su comment interpréter subtilement ce que les gens faisaient ou disaient, de sorte que Salem avait commencé à douter de tout ce que ces gens voulaient vraiment dire. Mais cette fois, c'était la promesse de son père de « leur montrer » qui le subjuguait.

— Je reviens dans quinze minutes.

Abu Salem dit à son fils de l'attendre dehors pour faire le guet, après quoi il se glissa par le trou que l'armée avait pratiqué la nuit où elle avait envahi la maison.

Pendant dix minutes, Salem se rongea les freins, tourmenté par la promesse de son père. Enfin, se décidant à ignorer les instructions, il se faufila lui aussi par le trou. Ce qu'il vit, il n'aurait jamais pu l'imaginer, même dans ses rêves les plus fous.

Il y avait des fils électriques – beaucoup de fils –, des petits tubes, un minuteur et deux petits téléphones portables. C'était là, apparemment, ce que contenait la sacoche.

— Papa ! Qu'est-ce que c'est que tout ça ? s'exclama-t-il.

— Une bombe, répondit son père, comme si on lui avait simplement demandé l'heure.

— C'est ce que tu as porté tout ce temps dans ta sacoche ? Mais je n'y comprends rien ! Qu'est-ce que tu as l'intention de faire ?

— Je veux détruire la maison, dit son père. Si je ne peux pas l'avoir, personne d'autre n'y a droit.

— Tu vas nous tuer ! C'est un suicide ! C'est de la folie ! Détruire la maison ? Ta propre maison ? Que diront les gens ? Que tu auras détruit ta propre maison ? Les questions de Salem fusaient, peut-être l'une d'elles lui ferait-elle changer d'avis.

— Oui, répondit Abu Salem - et c'était peut-être le « oui » le plus terrible qu'il ait jamais prononcé.

— Mais, Papa, c'est ta maison, peu importe qui l'occupe. C'est temporaire. Un jour ou l'autre, elle sera de nouveau à toi, déclara Salem, fermement.

— Écoute bien, mon fils, cela dépend comment tu l'expliques aux gens. Je vais détruire ce qui m'a été pris de force, sans mon consentement. Et je le fais parce que tous les autres moyens ont échoué. J'avais peut-être tort depuis le début. J'aurais dû avoir détruit la maison dès le premier jour où Israël l'a confisquée. Tous ces procès, ces tribunaux, ces audiences que l'occupation autorise ne sont que des formalités factices. Mais je ne peux pas simplement les laisser s'en emparer, tu ne crois pas ?

Son père se justifiait sans trop se préoccuper du sens de ses arguments.

— Mais c'est ta maison, ta propre maison ! Comment pourrais-tu faire cela ? Salem était complètement perdu.

— Salem, je ne fais plus trop preuve de discernement, je le sais. Mais qu'on nous offre un choix sous une occupation est devenu depuis longtemps bien pire que de ne plus avoir de choix. Ils nous obligent à choisir entre deux mauvaises alternatives : soit nous souffrons, soit nous sacrifions quelque chose. Et nous avons ensuite à vivre avec le cauchemar d'avoir fait tel choix et non tel autre. Nous haïssons cette occupation pour cela encore plus que parce qu'ils nous occupent. Et ainsi nous sommes amenés à haïr notre incapacité à changer notre destinée. Dis-moi, est-ce que je dois laisser les colons juifs s'emparer de ma maison, et vivre avec cette réalité toute ma vie ? Non. Je ne le peux pas. Je ne le peux pas.

Abu Salem s'interrompit pour réfléchir à ce qu'il venait de dire. Il n'avait jamais pensé au conflit de cette manière. L'inspiration fulgurante que cette mission avait réveillée en lui le stupéfiait sans doute davantage que son fils.

On n'entendait plus que les chants des oiseaux de l'aube et l'aboiement des chiens. Salem ne parvenait pas à se décider. De plus, il savait qu'il lui serait impossible de le faire changer d'avis. L'espace d'un instant, il envisagea de le traîner de force hors de la maison. Mais il finit par s'asseoir à côté de lui et le regarda, tandis qu'il montait adroitement les pièces dans un ordre précis.

— Tu es certain, Papa ? Salem demanda encore une fois.

— Oui, dit son père, s'efforçant de maîtriser le tremblement de ses mains.

— Tu es sûr de ce que tu fais ? répéta-t-il, s'attendant à ce que la bombe explose à tout instant.

— Je n'ai jamais été aussi sûr de ma vie. Bon, s'il te plaît, laisse-moi tranquille quelques minutes et va faire le guet dehors, ordonna son père.

— D'accord. Fais attention. Le soleil se lève, lui recommanda Salem.

— Bizarre. Nous avons peur de la lumière. Bizarre. L'aube est devenue une menace. Tu vois, fils, c'est ce que je t'ai toujours dit. Ils ont pris ma maison - mon histoire, mes racines, ma terre. Et maintenant, regarde-moi, je vais la détruire. Ça ne peut plus continuer ainsi, et je ne peux pas compter sur ces bâtards de politiciens. Allez, va-t'en !

Salem n'aimait pas que son père parle de politique et des politiciens. Même s'il était parfois d'accord, il n'appréciait pas ses commentaires sur les questions d'ordre politique, et surtout pas pendant qu'il construisait une bombe. Il s'attarda quelques secondes, incapable de décider s'il devait partir ou rester. Finalement, il grommela quelque chose comme « fais attention » et sortit.

Une quinzaine de minutes plus tard, son père se faufila hors du trou et fit signe à Salem de se dépêcher. Il avait un téléphone portable dans sa main gauche et portait la sacoche brune, vide, sur son dos. Abu Salem s'arrêta un instant pour regarder une dernière fois la maison et le voisinage. La verdure qui s'étendait à perte de vue. Puis, rapidement, mais précautionneusement, traînant des petites branches d'olivier, ils retournèrent vers leur point de départ.

— Papa, pourquoi n'as-tu pas laissé la sacoche ? murmura Salem dix minutes plus tard, après avoir marché rapidement et silencieusement dans les premières lueurs du jour.

— Je ne pouvais pas la laisser. Si quelqu'un m'avait vu portant mon sac à l'arrivée et repartant sans, cela aurait paru suspect, répondit Abu Salem.

Il avait visiblement réfléchi à tout cela à l'avance, ce qui impressionna Salem.

— C'est une minuterie ou une télécommande ? Nous devons être aussi loin de la maison que possible, dit Salem, se rendant soudain compte qu'il pourrait y avoir une explosion dans les minutes qui suivaient.

— Ne t'en fais pas. Nous aurons tout juste le temps, répondit Abu Salem.

— Ce sera une grande explosion ? s'inquiéta Salem. On pourra l'entendre d'ici ?

Face à l'angoisse dans la voix de son fils, Abu Salem décida de lui révéler ce qu'il avait réellement fait dans la maison.

— Il n'y aura pas d'explosion.

— Quoi ? Pas d'explosion ? Pourquoi ? C'était pas une bombe, alors ? Réponds-moi, Papa. Tu nous as imposé ce voyage périlleux, y compris à toute la famille, et cela n'aboutira à rien ?

— Non, non. Pas du tout. J'ai bien mis des explosifs. J'ai juste posé les pièces sans connecter les fils.

— Quoi ?

— Tu as raison ; c'est de la folie que de vouloir détruire la maison. Mais j'ai décidé de laisser la bombe. Je veux qu'ils aient peur. Qu'ils vivent dans la peur. Ils doivent penser que nous sommes là, juste derrière eux. Je veux que les Israéliens commencent à se poser des questions.

Il tendit le bras vers le Mur.

— Papa, ils ne le feront pas, dit Salem.

Il s'efforçait de masquer son soulagement, néanmoins admiratif de la profondeur et de la vivacité de pensée de son père.

— Nous aurions pu être tués, dit-il.

— Écoute, fils. Ce qu'il y a de plus terrible dans une occupation, c'est qu'ils ne se préoccupent pas des intentions. C'est pour cela que toute occupation est pernicieuse. S'ils m'avaient surpris avec ces explosifs, j'aurais été fusillé – *nous* aurions été fusillés. Ils n'auraient pas vérifié nos intentions, et même s'ils l'avaient fait, ils ne nous auraient pas crus. L'occupation est un mal. Oui, elle vole et détruit, mais elle enseigne aux gens la haine, et pire, la méfiance. C'est pour cela que nous laissons ici une bombe qui est un message : je peux détruire cette maison, mais je choisis de ne pas le faire. Parce que je voudrais que les gens commencent à se poser des questions au sujet de la moralité de leur comportement envers nous. Tu es mon fils, et tu es dans mon cœur, dit Abu Salem.

Il s'arrêta comme pour reprendre son souffle, mais Salem comprit que son père souhaitait son approbation. Il pencha vite la tête, pour signifier sa réponse.

— Tu es mon fils et tu es dans mon cœur, mais tu n'as pas compris ce que je voulais vraiment faire. Tu m'as peut-être jugé. Tu as pensé que j'étais fou.

Cette fois, Abu Salem n'attendit pas de confirmation. Salem fit non de la tête, malgré tout.

— Ce doute et ce manque de confiance persisteront jusqu'à ce que les gens commencent à poser des questions, et là, il y aura des réponses.

Salem vit son père sourire tout au long de la route du retour. Était-ce parce qu'il avait sa manière propre d'exprimer sa philosophie de vie et de résistance ? Pensait-il que l'occupation ne l'avait pas vaincu ? Ou parce qu'il était parvenu à rentrer à la maison, ne fut-ce que pour quelques instants ? Ou parce qu'il avait obtenu sa propre vengeance ?

Le lendemain, ce qu'Abu Salem avait fait fit les grands titres de la presse israélienne.

LE TSAHAL DÉJOUE UNE ATTAQUE TERRORISTE MAJEURE

Jérusalem - Samedi matin, les forces israéliennes ont démantelé une bombe commandée à distance qu'elles ont découverte dans une maison de Ni'lin. Il n'y a eu aucun blessé. Les sources militaires ont confirmé que la bombe était tellement puissante qu'elle aurait pu détruire la maison tout entière.

LE PAYS IMAGINAIRE

Tasnim Hamouda

Traduit par Beata Umubyeyi Mairesse

La gestion des cas graves fait partie de sa vie depuis longtemps. Et la mort est devenue une normalité, une expérience quotidienne. Son travail acharné et ses vœux les plus chers n'y ont rien fait. S'attacher aux patients n'a rien arrangé non plus. Elle a décidé de renoncer à retenir les noms, mais n'a pas abandonné l'espoir, encore moins le travail acharné. Les noms créent une mémoire. Les noms provoquent une forme d'attachement. Et elle ne veut surtout pas de cela. Plus jamais. Mais elle ne peut tout simplement pas se détacher de ces petits nuages qui passent. Elle ne peut pas les laisser là et passer dans un autre service de l'hôpital qui traite des cas moins graves, les patients qui ont un espoir de survie.

Tout ce qu'elle sait, c'est qu'elle est désormais attachée à la mort par des liens mystérieux. Elle croit qu'elle est prédestinée à se confronter à la mort, à la regarder tous les jours dans les yeux, et à la vaincre tous les jours.

À chaque fois, elle échoue, et échoue lamentablement.

Bien avant que nul n'ait pu s'y attendre, en moins de temps qu'il ne faudrait pour retenir leurs noms, la mort se perchera au-dessus de la salle, étendra ses ailes vers la droite et vers la gauche, et les réclamera tous. Une semaine, deux semaines - un mois maximum, et de nouveaux visages remplaceront les précédents.

Des visages semblables avec des noms différents, tous seront voués au même sort.

Ils sont sept par salle, qu'elle appelle tous « petit garçon » ou « petite fille ».

Chaque nuit, à neuf heures, elle s'en occupe à tour de rôle.

— C'est l'heure de ton injection, petit garçon, dit-elle en lui demandant d'étendre son bras, qu'elle effleure à peine.

Elle a appris à se distraire pendant qu'elle fait la piqûre aux enfants. Parfois, elle fixe le plafond ou regarde la porte située loin des six lits voisins qu'il lui reste à examiner.

Chaquc fois qu'elle atteint le dernier lit, le même petit garçon l'accueille avec un sourire. Ce sourire est sans doute le plus grand effort qu'il puisse faire.

— C'est l'heure de ton injection, petit garçon.

Il cache un livre sous son oreiller, se fait piquer puis elle lui dit qu'il peut s'endormir. Elle s'attarde là, maladroitement, essayant d'apercevoir le livre. Il pousse le livre plus loin sous l'oreiller. La même scène se répète deux mois durant.

Cela lui fait de la peine que ce petit-là ait à assister à cet incessant va et vient de visages. Cela lui fait de la peine qu'il ait dû changer trois ou quatre fois d'amis - non pas qu'il ait le choix. Une fois qu'elle en a fini avec lui, elle se précipite hors de la salle. Sa mission de la nuit est accomplie.

Le lendemain matin, elle réapparaît pour une urgence, parce qu'un autre « petit » a été transféré dans son service. Ils sont huit maintenant, pense-t-elle. À neuf heures, c'est à nouveau le moment de l'injection. Les bras meurtris sont tendus. Les yeux, mi-clos, sont fixés sur le plafond. Il ne lui reste plus qu'un lit à vérifier.

Lorsqu'elle arrive à son niveau, alors que le livre demeure cette fois-ci ouvert sur sa poitrine, que sa tête rasée est appuyée sur le bord de l'oreiller, il ne lui sourit pas.

Elle s'assied à ses côtés, presque immobile, et prend le livre. Il s'agit de *Peter Pan*, l'histoire du garçon qui ne grandit jamais et qui passe son enfance éternelle sur la petite île du Pays imaginaire où vivent les garçons oubliés.

Elle repose le livre entre ses petites mains froides, souhaitant qu'il ait pu terminer l'histoire.

Elle murmure :

— Dors bien, petit g... petit Peter Pan.

TOUT CE QUI A DISPARU

Elham Hilles

Traduit par Doan Bui

Il n'a jamais su à quel point mon âme bondissait, à quel point mon cœur palpitait à grands coups, tout à l'intérieur de moi, tel un tambour, un tam-tam tonitruant, dès que j'entendais sa voix. Un flot de pensées contraires envahissait ma tête dès que son image surgissait sur l'écran de mon téléphone. J'étais envoûtée. Accrochée au moindre détail qui composait son image. Devant moi, j'avais un homme, un vrai, un homme tout entier, avec son esprit, sa vivacité et son charme, sa façon délicieuse qu'il avait de philosopher sur tout et rien, racontant ce qu'il avait entendu, rebondissant sur ce que nous disions...

— Bienheureuse, que je suis ! Oh, bienheureuse ! m'écriais-je toujours après avoir raccroché.

C'était pareil à chaque fois, après chaque conversation : j'avais envie de crier haut et fort « C'est vraiment l'homme de mes rêves ! »

Non, décidément, je ne pouvais me figurer un homme plus merveilleux que lui. Sauf que je n'avais jamais pensé lui demander où il vivait. Pourquoi me donner la peine de le lui demander ? J'ai toujours supposé – ou à vrai dire, j'ai été programmée pour penser de la sorte – que tous les gens que je rencontrais dans ma ville étaient originaires de Gaza.

— Oh, fillette....

Peu à peu, je m'étais familiarisée avec ce surnom qu'il affectionnait: c'était ainsi qu'il m'appelait chaque fois qu'il voulait me choquer ou me taquiner.

Cette fois-là encore, il était en train de me répéter la même antienne:

— Eman, si tu savais où je vivais exactement, tu ne serais pas ainsi bêtement enamourée de tout ce qui me concerne, tu ne serais pas stupidement amoureuse de tout ce qui se raccroche à moi.

Hosam me retournait l'âme, il me rendait dingue avec ce refrain tournant en boucle. Il revenait dessus constamment, et moi je ne parvenais pas à comprendre ce qu'il entendait par-là. J'étais alors si immature... ou peut-être seulement innocente.

— Mais pourquoi diable devrais-je me soucier de l'endroit où tu vis? N'es-tu pas de Gaza? Cela me suffit pour rêver de ce qu'on pourrait construire ensemble.

J'étais si naïve. Pas capable de le pousser réellement dans ses retranchements.

— Écoute, Hosam, tout ce que je recherche chez quelqu'un, c'est qu'il soit capable de bien penser et de bien parler, un cerveau capable de m'apprécier à ma juste valeur, et de trouver les mots pour l'exprimer!

— À quoi ça sert, un bel esprit, et des mots bien tournés ? Ce n'est pas avec ça qu'on obtient un beau mariage... As-tu oublié que je suis avocat ? C'est mon métier, les mots : je sais mieux que quiconque les manipuler pour arriver à mes fins, me répondit-il un jour, taquin.

— Ok, oublions tout cela... Je me fiche de savoir où tu vis. C'est tout, ajoutai-je en regardant ma montre, qui indiquait quatre heures vingt-cinq de l'après-midi.

— Oh, mon Dieu ! Il faut que je file. Tout de suite !

— Al-Mina, au port, s'il vous plaît ! lançai-je au chauffeur de taxi.

Celui-ci commença sa course, mais s'arrêta au bout de quelques mètres devant des étudiants qui se dirigeaient vers la rue Al-Nasr.

— Ne vous énervez pas. Je vais rouler aussi vite que possible pour les déposer, puis je vous amène.

Le chauffeur de taxi était âgé, et assez grande gueule.

— Mais Al-Nasr n'est pas du tout sur mon chemin ! Pourquoi m'avez-vous prise dans votre taxi ? lui demandai-je, énervée.

Mais comme je ne voulais pas envenimer la querelle, j'ai laissé tomber.

— Ce n'est pas grave. Conduisez. Allez-y !

Je priais pour que mon père ne soit pas à la maison à mon retour.

Je continuai à regarder par la fenêtre, cherchant quelles excuses j'irais inventer pour justifier mon retard.

Je me sentais un peu mal en pensant à ma petite folie, ces trois heures que je passais à la bibliothèque tous les jours à lire Ghada Al-Samman, Badr Shakir Al-Sayyab, ou Nazik Al-Mala'ika, tous ces merveilleux poètes et écrivains arabes que j'avais récemment découverts avec passion. Je ne pensais pas en arriver là : sécher tous mes cours pour aller m'asseoir seule au fond de la bibliothèque, en m'oubliant dans les pages de Gibran Khalil Gibran, Khalil Mutran, Michael Naimeh et tous les autres.

C'était mal, je le savais, de sécher mes cours, mais c'était un tel cadeau que m'avait fait Hosam ! Le plus précieux cadeau qu'on m'ait jamais fait : m'avoir fait découvrir toute cette beauté dans les mots. J'aimais passionnément toutes ces conversations que nous avions autour de la littérature. C'est lui qui me poussait à lire, toujours et encore. Et j'étais tombée amoureuse également de tous les livres qu'il aimait.

Perdue dans mes pensées, je me réveillai brutalement dans un endroit qui m'était inconnu, un endroit où je n'avais jamais mis les pieds. Cela faisait alors longtemps que les étudiants étaient descendus du taxi.

— Mais où on est, là ? On est d'abord passé à Al-Nasr pour déposer les étudiants, mais maintenant, où suis-je ?

— Je suis désolé, j'ai été obligé d'aller plus loin. La voiture n'avait plus d'essence, donc j'ai dû trouver une station-service. Je reviens !

Sortant de la voiture, le chauffeur ajouta :

— Voulez-vous de la musique ? J'ai plusieurs chansons de Mustafa Kamel ; il est très bon. Mais on peut changer. Dites-moi, quelle est votre chanson préférée ?

Je restai muette. Je n'avais pas envie qu'il se fasse des idées, qu'il essaie d'aller plus loin.

J'avais peur à l'idée de rester dans cette voiture, seule avec cet homme. Alors, j'ai regardé pour vérifier qu'il ne me voyait pas et je me suis enfuie en courant.

Je continuai à marcher au hasard, dans des rues que je n'avais jamais arpentées auparavant.

« Oh, mon Dieu ! », pensai-je. « Il est presque cinq heures. Comment vais-je trouver un autre taxi dans ce trou perdu ? »

J'étais à deux doigts de pleurer. Je me demandais comment j'avais fait pour m'égarer. Dans un si petit espace géographique.

Je continuai à marcher vers l'ouest.

Un groupe d'écoliers était en train de se battre. Je m'arrêtai pour les interroger :

— Les garçons, on est où, là ?

— *Mo'askaaar Al-Shati. Mesh 'arfaah* ? (On est dans le camp de réfugiés d'Al-Shati. Vous ne le saviez pas ?) s'écria un des garçons, le plus joufflu.

— D'accord, pourquoi tu t'énerves ?

— *Hada al-kalb* ! *sarag nossi* (Parce que ce chien a volé mon demi-shekel) cria le garçon en désignant un gamin plus petit.

— C'est le mien. *Ummy*, ma mère, me l'a donné, répondit le petit.

Leur accent me fit sourire. Moi, je ne dis pas « *ummy* » mais « *mama* » pour maman.

— Voici un shekel à la place, dis-je au gamin. Mais arrêtez de vous bagarrer, d'accord ? ajoutai-je en essayant d'adopter leur accent. En vain.

— *Hehehe* ! *Shayef jazat elli bysrig* ? *Hay shekel badal alnos* ! (Vous voyez comment Dieu punit ceux qui volent ? J'ai un shekel maintenant au lieu d'un demi-shekel !) dit le joufflu, n'en revenant pas de sa bonne fortune.

J'avais toujours entendu parler du drame des réfugiés palestiniens, de leurs conditions de vie misérables, mais je n'avais jamais pris la peine d'aller voir, en vrai, les endroits où ils vivaient. Le camp d'Al-Shati n'est pas très loin de la région d'Al-Mina, mais dans mon esprit, ces deux endroits étaient très éloignés l'un de l'autre, séparés par une distance incommensurable.

Je pensais à tout ça, à cette distance entre les deux lieux, ce fossé dans ma tête, alors que je m'enfonçais dans le dédale des rues étroites et non pavées du camp ; ici, il n'y aurait pas de taxis pour venir me chercher et me ramener à la maison. Des rangées d'habitations, des maisons de bric et de broc un peu sordides s'étendaient le long des deux côtés de la route. La plus grande d'entre elles mesurait environ cent mètres carrés. Ces maisons ressemblaient à des boîtes, des boîtes ni très bien assemblées, ni peintes, et toutes en ruine. La plupart des fenêtres étaient brisées, laissant entrer la chaleur estivale de Gaza et ne protégeant pas les habitants du froid hivernal et de la pluie. La ruelle était séparée en deux par un ruisseau d'eau sale qui serpentait tel un anaconda sinueux, dégageant une odeur fétide, oppressante. Et cela serrait le cœur de voir cette rivière d'eaux usées s'engouffrer dans les maisons.

Les toits des habitations étaient bricolés à partir de morceaux rachitiques de métal ou de bois, laissant passer l'eau et la poussière. C'était un miracle si un mètre tout au plus séparait chacun de ces abris de fortune. Tout était si serré qu'on devait entendre les voisins ronfler la nuit. Comment même imaginer avoir une quelconque intimité dans de telles conditions de vie ? Mais quand vos besoins les plus basiques ne sont pas remplis, jouir d'une certaine intimité, disposer d'un espace à soi, cela doit être le cadet de vos soucis. Le droit à l'intimité : c'était un luxe que les habitants du camp ne pouvaient se permettre. S'il n'y avait eu ces couvertures crevées se balançant devant les portes, j'aurais d'ailleurs eu une vue plongeante à l'intérieur de chacune des maisons, juste en passant devant.

En continuant à marcher, je croisai deux vieillards assis devant un gigantesque arbre jujubier qui se dressait là, solitaire, coincé entre quelques maisons. Ces hommes étaient assis sur de petites chaises en bois. Je voulais leur demander mon chemin, mais aussi entendre ce qu'ils disaient. Je m'approchai donc sans faire de bruit.

— Je te le jure, une poignée de raisins de notre village de Yibna était cent fois meilleure que dix kilos de ces raisins, ya zalam, dit l'un d'eux en picorant des raisins noirs.

— Wallah, que Dieu m'en soit témoin, tu as raison. Que Dieu nous protège en sa miséricorde et nous ramène là-bas avant notre mort, répondit l'autre.

— Mais regarde ta barbe blanche, vieil homme !

— Allah est tout puissant. Je reverrai un jour mon village si Dieu le veut. Et si je meurs avant, je demanderai à Allah qu'il me fasse goûter à nouveau le raisin de mon village, quand je serais au paradis.

Leurs voix s'évanouirent tandis que je continuais à marcher. Toujours vers l'ouest de Gaza.

Je fus stupéfaite d'atteindre si vite la route côtière, là où ma famille habitait. Je compris alors que le camp de réfugiés était tout près de mon quartier.

Pour la première fois, je ne me sentis pas tranquille à la vue du visage familier de ces immeubles, de ces magasins, mon chez-moi. Je voyais maintenant la différence béante qu'il y avait entre eux, là-bas, et nous, ici. Je me suis arrêtée pour contempler les maisons, les bâtiments que je connaissais si bien, que je voyais tous les jours, mais sans les voir vraiment. Ces maisons à deux étages. Trois étages. Quatre étages. Tous ces murs en marbre. Avec toutes ces vitres aux fenêtres, parfois même des baies vitrées immenses, et ces buildings en verre miroitant. Les rues dans notre quartier étaient larges, si larges. Et alors que le soleil du couchant plongeait dans la mer, l'ombre portée par un seul de ces immeubles, hauts de quinze étages, était suffisante pour plonger le camp dans le noir...

Ce n'est pas la modernité de ces édifices qui me captiva, ce jour-là, mais la différence radicale entre ces deux univers. Cette séparation si nette qu'il y avait entre ce monde bien propre, bien structuré, et, à peine cent mètres plus loin, le camp et sa misère. Des dizaines d'hommes et de femmes bien habillées s'engouffraient dans l'Hôtel Aldeira : ce soir, on engloutirait 4000 ou 5000 dollars, juste pour une fête de mariage. Il y aurait un buffet fastueux, avec des mets à volonté. En un seul soir, on dilapiderait une somme suffisante pour donner un toit à une famille de réfugiés. Comment était-ce possible ? Ce gouffre entre nous ? Alors qu'il y a quelques décennies, nous vivions tous, les uns et les autres, réfugiés ou non-réfugiés, à égalité ?

La glorieuse lumière du crépuscule indiquait que bientôt, la prière du maghrib commencerait. Je poussai un ouf de soulagement en voyant que la voiture de mon père n'était pas encore rentrée. Je me précipitai à l'intérieur, montai à l'étage sur la pointe des pieds, un peu nerveuse à chaque bruit que j'entendais.

— Mais pourquoi dois-je te réprimander tous les jours, et tout le temps pour la même chose ! Ton cœur est-il devenu si dur, ou peut-être n'as-tu plus de cœur pour agir de la sorte ? Quand donc vas-tu te décider à grandir et à agir de façon plus responsable ?

C'était Mama, à nouveau lancée dans ses sempiternelles remontrances.

— Ton père n'est pas encore rentré, mais imagine, imagine un seul instant s'il t'avait vue rentrer à la maison à dix-sept heures trente ! C'est la dernière fois que tu rentres si tard ! La prochaine fois, je lui dirai ! Et tu sais ce qui se passera !

Elle continua sur sa lancée, avec le même ton et la voix partant dans les aigus.

Ma chère maman me grondait toujours ainsi, me menaçant à chaque fois de tout dire à mon père. Mais elle ne me dénonçait jamais. En fait, elle oubliait toutes ses remontrances en l'espace d'une petite heure, juste parce que je lui donnais un coup de main en faisant la vaisselle ou en m'acquittant de quelque tâche ménagère. Je lui demandais souvent si toutes les mères, dans ce monde, possédaient ce même gène qui les faisait oublier les bêtises de leurs enfants. Elle me répondait: « Tu verras bien quand tu auras un bébé ! »

Je m'enfermai dans ma chambre. Dans ma tête, les scènes de la journée défilaient à nouveau. J'avais tellement besoin d'appeler Hosam. Immédiatement.

Et si lui aussi...

Mais je n'osai aller plus loin, je n'osai l'imaginer, lui... Je composai son numéro pour en avoir le cœur net pour être soulagée de ce poids. Tandis que sonnait son portable, je me dis que si lui aussi venait de ce camp, cela expliquerait tout: ses silences, sa façon d'éviter le sujet... Et bien sûr, comment pourrais-lui en vouloir encore pour s'être obstiné à me cacher où il vivait ?

— Alors, est-ce que ton père t'a battue jusqu'au sang ? se moqua gentiment Hosam.

— Je ne serais pas là pour discuter avec toi si c'était le cas ! Mama, comme d'habitude, m'a sauvé la mise, répondis-je.

Mama ? Tu étudies à la faculté et tu dis encore « Mama » ? ! se moqua-t-il encore. Dis plutôt « *Ummy* ».

Et alors, tout se mit en place. *Ummy*. Oui, sa voix sonnait exactement comme celle des réfugiés que je venais de croiser.

— Mon dieu, comment n'avais-je jamais remarqué ce détail ! Ta façon de parler, les mots, ton accent, ce sont ceux des gens qui vivent dans les camps !

— Qu'essaies-tu de me dire ? demanda-t-il. As-tu réussi à glaner d'autres détails sur l'endroit où je vis dans tes pérégrinations quotidiennes sur Google, à enquêter sur mon identité ?

— Tu es un réfugié. Et c'est pour cela que tu me cachais tout de toi. Hosam, il n'y a pas de quoi avoir honte d'être un réfugié. Mais dis-le-moi ! Je suis prête à accepter cette réalité.

— Ah oui, vraiment ! Tu es prête ? Ais-je bien compris ce que tu veux me dire ? Tu daignes m'accepter, moi, misérable, mais quel honneur que me fait sa Majesté ! Toi, madame la Gazaouie !

— Oui, j'accepte tout de toi. Je veux juste que toi, tu t'acceptes aussi, je souhaite que tu aimes ce que tu es. Ne me cache plus qui tu es.

Il respira profondément. Puis reprit :

— Oui, votre Majesté, je suis un réfugié. Je le jure sur chaque morceau et chaque arbre de ce camp. Je le jure sur le ciel, sur l'air de ce camp que je suis un réfugié. Je vis dans le camp d'Al-Nuseirat.

— Ah, mais oui ! J'ai étudié ça en géographie. C'est près de Khan Yunes et de Deir Al-Balah ? demandai-je innocemment, en l'interrompant.

— Tu es sérieuse ? Tu m'as l'air de n'avoir jamais mis le pied dans ce camp. C'est à côté de la ville de Al-Zahra. Khan Younes, c'est très, très loin...

Il avait l'air de connaître tous les endroits de la bande de Gaza. Et moi, j'avais honte de lui confesser qu'il y a une heure à peine, j'étais complètement perdue dans le camp Al-Shati, à seulement quelques centaines de mètres de là où j'habitais. Oui, comment une fille qui n'avait jamais mis les pieds hors de son petit périmètre familier aurait-elle pu savoir où était le camp Al-Nuseirat ?

J'essayai d'avoir l'air aussi calme que possible. Même si essayer d'imaginer à quoi ça ressemblait était une torture. Un flot de questions absurdes envahissait mon esprit. Et si nous nous marions, est-ce que je serais condamnée à aller vivre dans un endroit pareil ? Le camp Al-Nuseirat ressemblait-il à celui que je venais de croiser ?

Je me précipitai vers l'ordinateur et tapai le nom du camp dans Google Earth. Plusieurs images surgirent. Bon. Cela avait l'air quand même beaucoup mieux que le camp Al-Shati.

Quelle idiote... Hosam ne m'a jamais parlé de mariage. C'est moi qui me monte la tête, pourquoi je m'emballe ainsi ? Toujours à rêvasser de mariage...

Plus tard, j'ai risqué la question auprès de ma mère :

— Papa accepterait-il qu'un réfugié demande ma main ?

Elle chuchota :

— Mais tu rêves ! Tu sais bien qu'il demandera toujours quelle est la ville d'origine du garçon. Ton père ne voudrait pour gendre qu'un vrai Gazaoui !

Déprimée, je me dirigeai vers ma chambre. Je maudissais tous ces carcans injustes, qui régissaient nos vies...

Et nous voilà ! Tout cela était il y a quatre ans. Aujourd'hui, je suis l'épouse d'un homme, qui est, lui aussi, finalement, un réfugié. Je me souviens d'Hosam. Lui qui a été si essentiel dans mon éveil au monde, dans ce délicat moment de passage des rêves de l'enfance à la réalité.

Il y a un mois, j'ai regardé ma vieille adresse courriel, celle que j'avais utilisée il y a des années pour discuter avec lui. S'y trouvait un message de lui, non lu, qui m'attendait. Le message avait été envoyé deux mois auparavant. J'ai pleuré en voyant son nom.

Le courriel disait :

Ma chère Eman,

Cela fait quatre ans que tu es mariée. Je t'ai perdue, et cela au profit d'un autre homme que je déteste du plus profond de mon cœur, même si je ne sais rien de lui. Tout simplement parce que je n'ai jamais réussi à t'oublier. Je ne me pardonnerai jamais de t'avoir perdue. Je ne pensais pas qu'il faudrait quatre ans à un entêté comme moi pour parvenir à cette conclusion. Eman, quand j'ai décidé de mettre un terme à notre relation, je prétendais que j'essayais de te protéger de moi, de ton père, d'un monde trop cruel. Je crois que je mentais. J'étais trop honteux, trop lâche pour aller voir ton père et lui demander ta main. À l'époque, peut-être parce que je ne possédais rien, ou si peu, j'étais trop arrogant pour pouvoir supporter l'éventualité d'être rejeté. C'est seulement maintenant que je réalise que j'aurais dû prendre le risque. Pour te mériter, pour te conquérir, cela valait bien le coup, cela aurait valu que je fasse n'importe quoi... J'ai été tellement stupide, ma chère Eman, de ne pas avoir eu le courage de toquer à la porte de ta maison, demander à voir ton père, lui dire que je t'aimais. Je me disais qu'un Gazaoui qui avait une Mercedes de cinquante mille dollars allait me jeter dehors à coup de pieds si j'osais demander la main de sa fille. Et cette idée, je ne pouvais la supporter. Quel idiot je suis ! Quel idiot, vraiment,

Hosam

C'EST MON PAIN

Tasnim Hamouda

Traduit par Nadia Chonville

— Cette précieuse miche de pain que je tiens dans mes mains, mes amis, a derrière elle une histoire épique, déclara le gamin, debout sur une petite chaise en bois. J'avais promis que je l'obtiendrais, et la voici, se vanta-t-il.

Ses amis, qui avaient rappliqué de tous les coins, chemins et taudis de la ville pour s'entasser là, écoutaient attentivement leur petit compagnon leur raconter fièrement comment il avait réussi à récupérer la miche de pain promise, après les longues journées qu'ils avaient tous passées à regarder les chariots des vendeurs de pain parcourir la ville sans jamais leur en laisser rien d'autre qu'un arôme irrésistible. C'était ce même arôme que leurs parents et grands-parents avaient respiré pendant des années sans jamais en atteindre la source.

Le petit continua :

— C'était un homme grand et vieux. L'homme le plus grand que j'aie jamais vu. Il portait sur sa tête un tissu avec des rayures noires et blanches bizarres...

— Un *kufiya*. Je les ai entendus appeler ça comme ça, interrompit un ami.

— Chut ! Ils n'ont pas besoin de savoir ça, chuchota le gamin en penchant sa tête sur l'épaule de son compagnon.

Son petit public était tellement obnubilé par la miche de pain qu'il ne remarqua pas cette furtive interaction. Le gamin ajusta sa kippa sur sa tête et reprit la parole :

— J'ai observé cet homme jour et nuit. Il étalait le pain sur un petit chariot en bois comme si c'était un pain ordinaire. Oh, mes amis, mon cœur saignait de voir notre pain traité comme ça. Mais j'ai été patient et je suis resté immobile jusqu'à ce moment étincelant. J'ai marché lentement vers lui, j'ai dérobé cette miche de pain, et je suis parti en courant, et les cris du vieil homme derrière moi.

— Est-ce qu'il t'a poursuivi ? lança une voix dans la foule.

— Au début, il n'a pas bougé. Peut-être qu'il ne l'avait pas vu venir.

L'histoire n'aurait peut-être pas été aussi intéressante pour son public si le gamin leur avait raconté la suite : comment il n'était pas le coureur rapide qu'il pensait être, comment il avait failli être attrapé et comment il avait imploré la grâce du policier. Il ne leur raconta pas non plus que la police, malgré les supplications du vieil homme, avait insisté pour trouver un compromis. Le policier accorda au garçon une croûte et rendit le reste du pain au vieil homme. En tous cas, lorsque le garçon approcha le pain de sa bouche rayonnante pour en engloutir une grande part, la fascination de ses amis s'amplifia encore.

— Et ensuite, qu'est-ce qui s'est passé ? demanda quelqu'un.

— J'ai ressenti de la peine pour le vieil homme essoufflé. Il a dû détester le fait qu'un gamin comme moi l'ait battu, ricana le garçon, sa voix étouffée par l'ultime triomphe plutôt que par le pain volé.

— Tu as ressenti de la peine? Tu veux dire que tu voulais le lui rendre? demanda une gamine curieuse.

— Non, j'y suis retourné discrètement et j'ai pris le reste, dit le petit en avalant la dernière bouchée de pain du vieil homme.

PEU AVANT L'AUBE

Shahd Awadallah

Traduit par Max Lobe

C'est l'une des nuits les plus hivernales et les plus sombres. Les ténèbres enveloppent les rues étroites de Gaza et ses habitants endormis dans le prolongement du voile noir.

Cette nuit, tous les bruits sont étouffés, presque déférents de sympathie pour le deuxième et triste anniversaire de la guerre israélienne contre Gaza, laquelle a laissé une profonde blessure dans chaque cœur et chaque âme.

Je dormais, ou, pour être plus précise, je feignais de dormir, jusqu'à ce que la goutte chaude d'une larme salée brûle son chemin sur la partie supérieure de ma joue, pour finir dans le creux de mon oreille. Puis, elle a échoué sur mon coussin blanc. Une seule goutte, suivie d'un torrent intarissable de larmes.

Je n'arrivais plus à respirer.

Je me suis levée. Je voulais à tout prix fuir ce coussin trempé de souvenirs mélancoliques. Des souvenirs qui occupent une grande partie de ma mémoire et de ma vie.

Une feuille de papier blanc froissée et un stylo à encre noir : ce sont les premières choses que je vois à mon réveil. Les voilà sur mon bureau surchargé, couleur miel, à gauche de mon lit. Je me mets à table, la feuille de papier dans la main droite et le stylo dans la gauche.

C'est la meilleure façon de faire face à ton chagrin ; si tu échoues, tu devras vivre avec davantage de souffrance et de nuits blanches. Tels sont les mots que mon esprit tourmenté et mon cœur en peine me répètent depuis que j'ai perdu mes capacités à m'exprimer par des mots. Ces mots qui me venaient si aisément dès je prenais un stylo. Ce soir, j'ai décidé de suivre les appels de mon âme. Ces douces plaintes m'implorent de rédiger une lettre à l'enfant que j'ai perdu cette nuit-là.

Les rayons orangés des lampadaires ajoutent une grande solennité à la pureté de la nuit et fusionnent en une couleur vive qui me coupe le souffle. Les rayons glissent doucement à travers la fenêtre côté ouest, que j'ai ouverte plus tôt, et se réfléchissent sur le bureau où je me suis figée. Ils illuminent mon âme et enflamment mon désir de prendre une nouvelle feuille de papier, écrire une lettre aboutie, avouer ma faute et dire mon repentir, me débarrasser de ce remords qui me tourmente. Voilà, je dépose mon stylo sur la feuille de papier et commence à écorcher sa fraîcheur de lignes noires.

Mon cher fils,

J'aimerais vraiment que tu lises chacun des mots que je t'écris ici. Vois-tu, je ne suis plus en mesure de garder cette histoire dans mon cœur. Je te promets, cette fois-ci, je vais me rendre jusqu'au bout de cette lettre. Je promets que je ne vais pas la déchirer. Je veux que tu comprennes bien ce qui s'est passé. Je dois t'expliquer tout ça parce que tu étais endormi lorsque la mort t'a emporté, endormi lorsqu'elle t'a frappé. Le moindre petit souvenir me torture et me ramène à cette maudite nuit.

C'était une nuit froide ; est-ce que tu t'en souviens, toi ?

Des secondes s'écoulent et je n'ai aucune réponse. Je continue à la manière de celle qui se soumet.

Je suis sûre que tu t'en souviens. Il faisait si froid. Tu dormais là, allongé près de moi. Les rumeurs chaudes de ta respiration effleuraient mon visage et mon cou. Les battements de ton cœur avaient quelque chose d'harmonieux, de délicat. J'en étais accro. C'était la douce mélodie sans laquelle je n'aurais jamais pu m'endormir, oui, tout en contemplant les lignes parfaites qui dessinaient ton visage. J'ai perdu cette innocence ce soir-là, lorsque je t'ai perdu. Tu ne me crois pas, n'est-ce pas ? C'est pourtant l'absolue vérité, mon fils.

J'attends encore, mais il ne me vient rien si ce n'est le reliquat de mes mots réprimés, ces mots que je ne suis jamais parvenue à prononcer.

Nous – toi et moi, et ma mère, mon père, mes frères et sœurs – dormions ensemble dans la salle à manger de notre appartement. Nous croyions que c'était la pièce la plus sûre. Hélas, ça ne l'était pas. Quelques nuits auparavant, Père avait suggéré que nous quittions nos chambres respectives et que nous dormions ensemble dans la salle à manger, tout ça parce que les fenêtres dans nos chambres pouvaient exploser sous les bombardements qui frappaient Gaza, jour et nuit. Voilà comment nous avons tous aménagé dans la salle à manger.

Les vents d'ouest continuent de souffler délicatement à travers la fenêtre derrière moi. J'ai pris l'habitude de dormir la fenêtre ouverte pour me débarrasser de cette odeur de mort et du silence de tombeau qui ne font que me ramener à ma solitude. Un frisson secoue mon corps lorsque que des images me reviennent, et j'attends que mon fils me réponde. Les vents d'oucst mc figent en un morceau de marbre plongé dans les ténèbres de cet hiver glaçant. Un moment, c'est comme si ce morceau de marbre se purifiait, déployant ses ailes. Malheureusement, toutes ses tentatives restent vaines. Je reste blessée.

Le tonnerre gronde et maintenant, il pleut. Des gouttes de pluie, comme des cristaux dans le vent, gagnent la pièce, m'effleurent, puis roulent dans le creux de ma nuque nue. Nouveau saisissement. Un mince sourire s'échappe de mes lèvres lorsque l'odeur du sol boueux embaume la pièce.

Il pleut. Quelques jours avant cette nuit, excepté le bruit de la pluie, tout était silencieux. Comme il était beau ce portrait que j'ai tiré de toi sous la pluie ! En fait, ce jour-là, tu n'étais pas tout à fait sous la pluie. Chauve et enrhumé, tu étais assis là, avec des lèvres couleur fraise et tes manières de petit bébé, on aurait dit un chaton qui quémande de l'amour, comme ça en soufflant sur le verre froid de la fenêtre, tu créais ton monde de buées seulement pour les gribouiller de tes petits doigts. Tu riais à cœur joie tout en peignant un nouveau monde de buées que tu gâchais encore et encore. À ce moment précis, je me délectais aussi bien de la mélodie répétée de la pluie que de l'odeur de la terre. Je dessinais jusque dans les moindres détails les rires que tu poussais chaque fois que quelques gouttes de pluie s'écrasaient mollement sur ta tête chauve.

Tu n'aimais pas que je te charrie avec mon sourire narquois, t'appelant « Bébé calvitie ». Parfois, il t'arrivait de pleurer, ce qui fendait mon cœur en morceaux, et d'autres fois, tu riais d'un rire gracieux. Je ne peux pas me l'expliquer, mais j'adorais tout simplement t'appeler « Bébé calvitie ». Dis-moi, mon fils, là-maintenant que je t'écris, est-ce que tu pleures ou tu ris ? Là-maintenant que je continue de t'appeler « Bébé calvitie », alors même que tu as un an de plus, est-ce que tu en es fier ou est-ce que ça t'énerve ? Si seulement je pouvais le savoir.

Sur ce portrait, tu as quelques-unes des gouttes de pluie sur la tête, d'autres pendouillent à tes cils, dans un léger tremblement. Le regard scintillant de noir, tu es assis là, sur l'herbe gorgée d'eau, à rire. Tu aimais ce portrait tout comme moi j'adorais la pluie ; ça aussi, je l'ai perdu cette nuit-là. J'ai perdu tes yeux étincelants et ton sourire ravissant...

Deux gouttes de larmes sont coincées au bord de mes yeux. Elles finissent par s'évaporer.

Ce soir-là, à quatre heures cinquante du matin, mon alarme m'a réveillée au son paisible d'une chanson folk où le chanteur demande à sa mère de ne point être triste à la suite de son martyr, parce que, voilà, il ira au paradis. J'ai toujours aimé cette chanson, mais plus du tout après ce qui devait arriver cette nuit-là. Maintenant, j'en suis révoltée. J'ai éteint l'alarme pour ne pas te déranger, toi et les autres, qui dormaient dans la pièce. Je me suis levée, à la recherche d'un tapis de prière avant l'heure de la prière de l'aube. Tu dormais profondément. Les autres semblaient s'être endormis après une longue et âpre lutte contre les sifflements des avions de guerre qui survolaient Gaza depuis deux semaines. La pièce était plongée dans le noir.

J'ai allumé ma torche pour éviter de piétiner mes frères, qui, eux, dormaient à même le sol. Tranquillement, je les ai enjambés, je me suis préparée pour la prière, et je suis entrée dans ma chambre, le cœur lourd de nostalgie ; le souvenir d'interminables nuits et jours passés là, à se raconter des histoires sur le passé et sur le futur merveilleux qui nous attendait. Cette nuit-là, le futur semblait s'altérer. L'espoir semblait s'amenuiser. Toi seul étais mon espoir ; seul ton avenir donnait du sens au mien.

J'ai fait une petite prière, implorant le Bon Dieu de sauver ma famille et notre maison. À peine avais-je fini de prononcer les mots qu'une explosion massive a frappé l'immeuble, me foudroyant les oreilles et me projetant à plusieurs mètres de mon tapis de prière. Les vitres ont volé en éclats au-dehors comme au-dedans de la maison. Morte de peur, je me suis précipitée dans la pièce où toi et le reste de la famille étiez. Ils s'étaient tous réveillés, tenant leurs torches, horrifiés. Ils couraient dans tous les sens, s'assurant que tout le monde était ok. Ils n'avaient que de petites égratignures. Quelques secondes se sont écoulées et tout s'est calmé, la pureté des abymes et du silence enrobant de nouveau la scène.

Tu es resté endormi. Je dois avouer, j'ai souri lorsque j'ai vu que tu étais toujours endormi. Tu n'en avais rien à faire. Mais ma mère, toujours inquiète, a demandé à mon frère de l'accompagner pour s'assurer que notre oncle, qui vivait dans un appartement juste à côté du nôtre, allait bien, lui aussi. Mon oncle a ouvert sa porte exactement au moment où ma mère et mon frère ont ouvert la nôtre. Il a crié :

— Vous inquiétez pas ! Tout'le monde va bien ici, mais c'était quoi ça ?

Avant même qu'il termine sa question, une explosion bien plus massive encore a frappé la cage d'escaliers, là, entre les deux appartements. L'immeuble tout entier a tremblé. De la poussière blanche s'est élevée et a tout recouvert. Les murs se sont écroulés. Les portes ont sauté de leurs cadres. Tout le monde était secoué. Et toi, tu ne faisais que dormir. Pour un instant, je t'ai oublié. Mère s'est mise à crier.

— Dites la Shahada et descendez ! Sortez de l'immeuble ! Ces missiles-là, c'est pour nous !

Je dépose mon stylo dans une vaine tentative de couper court au flot de souvenirs douloureux qui tourbillonnent dans mon esprit. Je ne peux pas m'arrêter. Mon fils doit connaître tous les détails afin de me pardonner. Je continue.

Les mots de Mère sont restés dans ma tête : « Dites la Shahada et descendez ! » Pourtant, je n'ai pas tout suite obtempéré. Je me suis précipitée vers la salle à manger pour te chercher. Sur mon chemin, j'ai traversé la chambre, histoire d'y jeter un dernier coup d'œil et d'en imprégner l'ultime image dans ma mémoire. Il y avait ma bibliothèque pleine de livres, ces livres qui n'attendaient que la fin de cette guerre hideuse ; les voilà qui me suppliaient de les prendre une fois de plus avec moi, comme j'en avais l'habitude depuis mon entrée à l'université, il y a deux ans, après le martyre de ton père. Je regardais ma bibliothèque chargée, mon armoire, mon tapis de prière, et même mes lunettes à monture rouge. Tout ça était éparpillé ici et là. La voix de ma mère a retenti fortement : « Dites la Shahada et descendez ! » Je n'étais prête à rien ; j'ai quitté ma chambre pour aller te chercher dans la salle à manger lorsque mes petits cousins, en larmes, sont rentrés dans notre appartement au lieu de descendre directement. Il faisait noir, et ils pleuraient fort. J'ai demandé à l'un d'eux :

— Qu'est-ce que tu fais là ? Pourquoi tu descends pas ?

D'une voix tremblante, il m'a répondu :

— Y'a pas de lumière. On voit rien !

Moi, je craignais sérieusement que l'un d'eux aille dans une autre pièce et qu'on l'oublie là-bas dans le noir.

— Venez les enfants, suivez-moi ! ai-je dit en les prenant rapidement avec moi.

— J'arrive pas à marcher ; les cailloux m'font mal au pied. Je veux mes chaussures, a dit l'un d'eux. S'il te plaît, trouve-moi mes chaussures.

— Pas le temps, mon chéri. On les trouvera plus tard.

J'étais parfaitement consciente que nous ne serions jamais en mesure de les retrouver.

Quelques instants après notre fuite, un troisième missile a frappé le troisième étage, là-même où nous nous trouvions.

— J'étais là, Mama. Tu m'as laissé là, Mama. J'avais pour seule compagnie mes larmes et mes cris de désespoir, Mama.

La voix de mon fils pénètre mes oreilles. Je laisse tomber mon stylo ; des frissons parcourent mon corps. Soudain, il est assis là, devant moi, vêtu de sa robe blanche, chauve et ses yeux brillants qui fixent les miens, larmoyants et noirs. Souriant, il me dit :

— J'étais seul, Mama.

Je n'arrive pas à supporter le choc ; je reste silencieuse un moment, puis je dévisage à mon tour cette image-fantôme de mon fils.

La colère de la nature gronde, le tonnerre s'intensifie, les vents d'ouest soufflent plus fort encore, l'éclat d'un éclair illumine ma chambre, et voilà mon fils, on dirait un fantôme blanc et lumineux avec le flambeau dans les yeux.

Je suis incapable de pousser le moindre mot. La voix de mon fils s'amenuise, rabâchant la même phrase :

— J'étais seul, Mama. J'étais tout seul...

Et puis, il disparaît.

Je ne bouge pas, je ne dis rien jusqu'à ce qu'une brise souffle en moi et me redonne vie. Hésitante, je reprends mon stylo, déterminée à aller jusqu'au bout. J'écris.

Nous nous sommes réfugiés chez notre voisin. Nous attendions l'ultime missile qui allait mettre fin à l'histoire. Soudain, l'appel à la prière de l'aube a retenti, et pour un instant, la terreur s'était évanouie : « Allah est Le plus Grand ; Allah est Le plus Gr... »

Une énorme explosion du missile F-16 a alors pulvérisé le chant d'appel à la prière. J'ai murmuré :

— C'est fini.

J'ai quitté en courant le domicile de notre voisin et là, j'ai vu notre maison à nous, en flammes tel un volcan. Rien que du feu. Je ne pensais plus à rien. Je n'ai rien dit, rien fait, si ce n'est de scruter les braises ardentes des souvenirs de ma vie et mon cœur en cendres lorsque, tout à coup, ton portrait m'est revenu comme un flash. Je me suis lancée, affolée, vers l'immeuble en feu, criant ton nom, j'ai éclaté en sanglots, mon père m'a saisie par la main, m'empêchant fermement de m'y rendre. Tu étais mort, il en était persuadé. Rien ne pouvait survivre à cette fournaise, encore moins trente menues mesures de chair fraîche. On a crié au secours des pompiers et des ambulances. La scène était insoutenable. Je me suis évanouie.

Cette nuit-là, je t'ai perdu. Je me suis encore souvenue de toi lorsque je me suis réveillée à l'hôpital. Me suis souvenue que je t'avais oublié tout seul là-bas. J'ai réalisé que je serai à jamais seule, seule après ton martyre et celui de ton père. Tu es seul, et je suis seule. Tu resteras seul. Je resterai seule. Tu es mort seul, et seule je m'en irai. Cette nuit-là, il m'a manqué la chaleur de ton haleine, les battements harmonieux de ton cœur, et la grâce de ton sourire. Cette nuit-là, j'ai perdu mon fils.

Mon stylo tombe, ma tête heurte la table et, pétrie de chagrin, je pleure une fontaine de larmes.

Mes lèvres n'arrêtent pas de répéter le mot, « seul », infestant le silence. J'entends la voix douce de ma mère.

— J'ai pitié d'elle, qu'elle dit. Elle en souffre encore. Elle continue d'écrire toutes les nuits, mais les morts ne reviendront jamais.

Elle continue de murmurer, et moi, je continue mon repentir.

Ensemble, nous avons vécus, et tout seul, tu es parti.

LE VIEIL HOMME ET LA PIERRE

Refaat Alareer

Traduit par Léonora Miano

— Et je veux que tu l'enterres avec moi. C'est ma volonté. Je l'ai depuis des lustres. Je ne la laisse jamais hors de ma vue ou de ma poche. Te souviens-tu de ton oncle Sadek, que Dieu bénisse son âme, qui est décédé quand tu avais cinq ans ? demanda Abu Yusef, sans se laisser une seconde pour reprendre son souffle.

Il ne voulait pas donner à son fils, Yusef, le temps de l'interrompre. La vie lui avait appris deux fragments de sagesse : que les enfants ne comprendraient jamais sa passion pour les choses ; et que leur compréhension serait toujours superficielle.

— Vaguement, dit Yusef.

— Il l'a apportée de Jérusalem. Il pensait que j'étais fou. Il pensait que j'étais stupide parce que je lui demandais sans cesse de m'apporter une pierre ou une poignée de sable quand il irait à Jérusalem. Je ne plaisante jamais quand il s'agit de Jérusalem.

Voyant que son fils était distrait, Abu Yusef lui donna un coup de coude.

— Papa, comment arrives-tu à faire ça ?

— Faire quoi ?

— Raconter une histoire avec tant de passion, demande Yusef, mi-blagueur mi-sérieux.

— Donc, quand je dis enterre-la avec moi, je veux dire enterre-la avec moi. Assure-toi de la glisser dans ma main. Je suis sûr que je m'y accrocherais. Mais si ce n'est pas le cas, tu peux l'attacher dans mon poing, ordonna le vieil homme, sans prêter attention au sarcasme de son fils.

— Père, tu es encore jeune. Pourquoi voudrais-tu mourir si tôt?

— Et assure-toi que tout le monde le sache. Ce n'est pas un secret. Et cela ne doit pas être gardé secret. Je sais que tu aurais honte de parler d'une pierre à d'autres, que tu me prends pour un fou. Mais même ton oncle, l'homme le plus têtu qui ait jamais marché sur terre, a finalement compris et l'a apportée. Peut-être voulait-il que je cesse de le harceler ou peut-être ne voulait-il pas que je quitte la maison et que je fasse un long et pénible voyage jusqu'à Jérusalem pour ramasser une pierre. Peu importe la raison. Il m'a donné une pierre. De Jérusalem. Une pierre de Jérusalem. Je vaux bien mieux que ces gens que vous voyez tous les jours. Contrairement à eux, je possède une partie de Jérusalem, déclara le vieil homme, sa voix s'élevant chaque fois qu'il disait « Jérusalem ».

— Papa, si tous ceux qui aiment Jérusalem apportent une pierre, un rocher ou une poignée de sable, nous n'aurons plus Jérusalem. Il ne restera plus rien de Jérusalem. Une photo t'aurait épargné tous les ennuis et l'embarras causés par cette chose.

— Ce n'est pas une chose, trancha l'homme mécaniquement.

— Qu'est-ce qui n'est pas une chose ?

— La pierre. Ce n'est pas une chose. C'est une pierre. De Jérusalem... répéta Abu Yusef, son explication piquée d'une pointe d'impatience.

— D'accord, d'accord, Papa. D'accord, c'est une pierre. *La* pierre !

— Une photo ne sera pas comme une pierre qui a été soumise à la pluie, à la chaleur, au froid, à la saleté et à l'odeur de Jérusalem. Cette pierre *est* Jérusalem. Elle l'est, réitéra l'homme, insistant sur les termes en prenant une courte respiration entre chacun d'eux.

— Comment ça ? demanda Yusef, même s'il avait entendu la réponse des centaines de fois.

— Je n'ai pas oublié Jérusalem un seul jour depuis que j'ai reçu cette pierre il y a exactement treize ans et deux mois. Quand ton oncle me l'a donnée, je...

— Papa, veux-tu toujours aller rendre visite à ma sœur la semaine prochaine ? coupa Yusef, pour changer de sujet.

— Je jurerais, poursuivit le vieil homme, oui je jurerais que parfois cette pierre me réveille à l'aube pour prier *al-fajr*[4].

— Bien sûr que oui. Si tu dors avec la pierre dans ta poche et que tu te retournes pour dormir du côté où tu as mis la pierre, elle te réveillera, rétorqua Yusef.

4. La prière de l'aube.

— Tu ne comprends pas. Vraiment pas. Ce n'est pas comme ça. Je veux dire que...

En espérant écourter une longue explication du vieil homme, Yusef demanda :

— Puis-je la tenir, Papa ?

— Euh...

Surpris par l'intérêt soudain de son fils, il avait un peu de mal à lâcher prise.

— Papa ? Puis-je la tenir ?

— D'accord, mais fais attention.

— Promis.

Il tendit la main.

— Attention, j'ai dit !

— Papa, c'est trop. C'est ennuyeux et gênant, tout cela. La pierre ! La pierre ! La pierre !

— Tais-toi ! cria Abu Yusef, le visage rouge, en saisissant la pierre.

— Je vais te dire une chose. Ton neveu Ahmed m'a avoué il y a longtemps que l'oncle Sadek t'avait menti, déclara Yusef, sa voix se faisant cette fois plus forte que celle de son père.

— Que veux-tu dire par « t'avait menti » ? demanda le vieil homme. Son fils le taquinait sans doute.

— Avant de mourir, il a fait promettre à ses fils de te dire la vérité sur la pierre. Elle ne vient tout simplement pas de Jérusalem. C'est une fausse pierre, laissa tomber Yusef.

— Que veux-tu dire ? Que veux-tu dire par « pas de Jérusalem » ? S'il le leur a dit, pourquoi ne sont-ils pas venus me le dire à moi ?

— Ils te connaissent très bien, Papa. Ils craignaient que la vérité ne te tue ! Il a dit qu'il se sentait trop stupide pour se pencher et ramasser une pierre. Alors il t'en a pris une qu'il a trouvée devant sa maison. Une fausse pierre.

Yusef regrettait déjà d'avoir révélé le secret qu'il avait tenu pendant des années.

— Arrête de me mentir ! Et arrête de dire « fausse ». Elle n'est pas fausse ! Bon sang !

Il n'avait jamais utilisé cette expression auparavant.

— Je ne mens pas !

— Puisse-t-il pourrir en enfer ! Trop stupide pour se pencher. À Jérusalem ? grogna Abu Yusef.

Il n'avait jamais été aussi en colère, n'avait jamais insulté son frère.

— Calme-toi, Papa, marmonna son fils d'une voix faible.

Il connaissait très bien les accès de rage de son père.

— Vas-y doucement, je t'en prie.

— Maintenant, il pourrit en enf... qu'il... il est... Donne-moi cette pierre... donne... Ahhhhh...

La main gauche posée sur sa poitrine, Abu Yusef, incapable de respirer, s'évanouit, les yeux grands ouverts, la main droite toujours agrippée à la pierre.

— Papa ! Paaapa ! Papa, reste avec moi ! Reste avec moi ! Paaapa !

CICATRICES

Aya Rabah

Traduit par Martine Delvaux

Je voulais être seule et tout fuir. J'ai toujours rêvé d'être comme une fleur au moment de l'éclosion, empreinte d'une magie de douceur et de vie.

Mon fils, Salam, me manquait. Salam, ça veut dire « paix ». Ma fille aussi me manquait. Ma fille dont le prénom, Hayat, veut dire « vie ». Je ne comprenais pas pourquoi j'avais choisi, pour eux, ces prénoms. Peut-être que c'était ma manière de défier le monde qui les avait vu naître.

J'entendais les cris de ma mère depuis la cuisine, et ceux, joyeux, de mes frères partout autour.

Puis, tout est disparu – ma mère, mes frères. Les relents du tourment ont rempli notre demeure. La maison était tenue par les rayons du soleil comme les ailes transparentes d'un ange gardien. Je ne voyais rien d'autre, alors, qu'une paix noire. Oui, même la paix peut être noire.

J'ai encore aujourd'hui le souvenir vif du visage de ma mère, pâle comme la pleine lune. Elle m'avait toujours dit : « Tu es si égoïste. » Je ne sais pas pourquoi elle me voyait ainsi.

Après l'accident, j'ai eu l'impression d'avoir trouvé une bonne explication : j'étais la seule survivante de la famille ;

je voulais que la vie soit pour moi. Je devrais passer le reste de ma vie à tenter de me défaire de ce trait de caractère. Mon égoïsme était quelque chose de tatoué sur mon front par les mots de ma mère.

Partout où je vais, j'entends les cris de mes frères comme des coups de tonnerre. Leurs corps démembrés continuent à surgir dans mes rêves comme d'aveuglants éclairs. Ils ont été enterrés sous les décombres de notre vieille maison avec leurs peurs et leur désespoir – et aussi leurs rêves, peut-être, qui ne se seront jamais réalisés dans ce monde cruel. Personne ne peut savoir quelles ont été leurs dernières pensées. Maintenant qu'ils sont partis, tout ce qu'il me reste, c'est d'imaginer si elles étaient sombres ou lumineuses, ces pensées.

Le champ de blé derrière chez nous brille encore de vieux souvenirs fatigués. Ce qui a changé, c'est ma manière de le regarder.

Quand j'y suis retournée, la première fois, j'ai dit à Hayat : « C'cst lc pays dcs luttes. » Pendant des années, j'ai été incapable d'affronter le fait, terrible, que je sois la seule survivante d'un horrible massacre.

Il était une heure du matin. Les ficelles de l'air me tournaient autour comme des spectres. J'ai demandé à ma mère :

— Si quelque chose nous arrive, qu'est-ce que je fais ?

— Tu fuis, mon amour.

— Où ?

— Vers Dieu, vers le paradis, ma chérie.

J'ai souri.

Les mots de ma mère donnaient l'impression d'avoir été puisés dans un livre sacré. C'est elle qui s'était échappée, pas moi. Elle s'était échappée avec le vent d'hiver, comme les feuilles qui tombent pendant l'automne.

Quand elle cueillait de la lavande dans notre jardin, ma mère était une figure divine debout dans l'ombre du trône divin. Et parce que j'avais peur des envahisseurs, elle me rappelait que moins une personne a de principes moraux, plus sera grand le nombre de crimes possibles. Je croyais l'avoir oublié. Pourtant, bizarrement, quand quelque chose se passe, surtout quelque chose de mauvais, les conseils, la sagesse, les avertissements me reviennent en tête immédiatement.

Quand on m'a réveillée, à l'hôpital, je n'ai pas eu besoin qu'on m'explique ce qui m'était arrivé. J'ai regardé l'infirmière et je lui ai demandé si elle était réelle.

— Ne t'inquiète pas. Tu es à l'hôpital. Tu n'es pas sévèrement blessée. Ça va aller.

La plupart du temps, dans les hôpitaux, on se fait dire des choses qu'on sait déjà ou dont on a peur. Je voyais bien son uniforme blanc, et je me souviens du moment où ils m'ont mise dans l'ambulance sans couvrir mon visage comme ils l'avaient fait pour les membres de ma famille. J'aurais voulu pouvoir lui dire que je savais. Mais je suis restée silencieuse. Ce que je voulais, c'était une réponse bien plus simple – une réponse qui me dirait que c'était un rêve et que ça va aller, une réponse qui serait un mensonge parfait plutôt qu'une description brutale de la réalité.

J'ai essayé de sourire à l'infirmière, mais j'en étais incapable. On aurait dit qu'un masque recouvrait mon visage.

J'ai demandé :

— Mon visage ?

Elle m'a rassurée :

— Ce sont des blessures superficielles, ne t'en fais pas. Ça va guérir rapidement.

Je ne voulais pas qu'elle m'explique, parce qu'à ce moment-là, ça me semblait sans importance. Rien ne comptait : ni mon visage, ni mon avenir - même pas la guerre à laquelle j'avais survécu et qui m'a appris ce que ça veut dire de perdre. En vérité, je ne voulais pas que mes blessures guérissent. Je préférais vivre avec cette marque de la honte qui me permettrait de me souvenir de celles et ceux qui avaient perdu leur vie pour que d'autres survivent. Je ne pouvais pas, cette fois, échapper à la honte. Je ne veux toujours pas y échapper. Je me suis dit que les gens, dehors, devaient être en train de se remettre de la guerre. J'avais l'impression que Gaza était devenue un immense hôpital où tout le monde souffrait.

Même aujourd'hui, je bénis l'air qui a transporté mon âme à travers les forêts, les montagnes, les nuages, l'air qui a fait que ma main se déplace avec tendresse vers le haut pour toucher la cicatrice sanglante. Elle était couverte de plaies. Je me suis dit : les choses peuvent sembler paisibles quand on n'y pense pas, mais une fois qu'on y pense, elles rappellent à notre mémoire des souvenirs difficiles.

Je suis devenue la fille à la cicatrice.

La scène qui se trouvait derrière mon fils, Salam, donnait parfaitement l'impression d'un tableau ancien, mais son sourire rempli de cynisme dérangeait la symétrie. Il ne souriait jamais quand je me tenais debout devant lui, c'était remarquable. J'ai touché délicatement la cicatrice brûlante qui traversait ma joue gauche. Il me regardait, comme s'il s'apprêtait à m'attaquer. Derrière lui, une étendue de champs de maïs vert, on aurait dit la grandeur du paradis. Je voulais le faire sourire. Je voulais relier l'enfant et la scène parfaite. Mais il ne voulait pas écouter, ses yeux empathiques étaient fixés sur le récit tragique que ma joue racontait.

— Pardonne-moi, mon fils, mais je dois te faire sourire pour la caméra.

— Je ne peux pas. Je n'aime pas les caméras. Je n'aime pas les photos.

J'ai quitté sa chambre pour ne pas le déranger, lui, mon fils unique.

Une fois, ma professeure d'histoire m'a demandé, sans que je ne m'y attende :

— Penses-tu que l'histoire se répète ?

Il faisait chaud et je transpirais. J'avais du mal à respirer. La question est venue me frapper. J'étais brisée. Je suis restée debout, cachant ma joue – ce que je faisais dès que j'étais au centre de l'attention –, puis je me suis mise à pleurer. J'ai pleuré jusqu'à ce que je ne ressente plus la chaleur terrible ; on aurait dit une bulle, je n'entendais rien d'autre que mes souvenirs profondément enterrés.

Tout le monde dans la classe, moi y compris, a été étonné de ma réaction. Au bout d'un moment, l'enseignante m'a dit de me rasseoir. Finalement, j'ai parlé.

— À la fin, les gens deviennent de la poussière, professeure. Je ne crois pas que l'histoire se répète, mais quand on retourne, en pensée, dans le passé, nos souvenirs dominent le présent et l'avenir.

Ma réponse était remplie d'hypocrisie, parce que je pensais seulement à la cicatrice de ma mère sur son épaule droite.

Ma professeure d'histoire a refusé ma réponse ; elle croyait en un monde hautement organisé, malgré le fait que ça voulait dire une douleur répétée vécue par certains encore et encore. Je dois avouer qu'avec le temps, j'en suis venue à être d'accord avec ma professeure : l'histoire se répète tout le temps, pas forcément de la même manière, mais en nous déformant de la même façon.

Alors qu'un par un, elle prenait la vie des membres de ma famille, la mort est restée penchée au-dessus de mon corps sans m'emporter. Je ne voulais pas passer. C'était le mois d'août et je voulais que mon corps fonde au-dessus du sable. Pourquoi est-ce que j'ai été épargnée ? Pourquoi est-ce que la mort n'a pas vu en moi une suspecte à mettre en prison ? Pourquoi est-ce qu'elle a pris Hayat et que moi, elle m'a laissée en vie ?

Ce n'était pas la guerre quand elle est morte, mais ce n'était pas, non plus, la paix. Une bombe a tué ma famille, mais c'est une maladie mortelle qui m'a volé ma Hayat.

Une maladie, comme une balle, qui lui a traversé le corps. Il n'y a pas eu d'adieux, seulement une question : pourquoi est-ce que tout devait arriver de cette façon ?

À chaque fois que j'ai du mal, j'accuse ma cicatrice. On dirait un mauvais sort. C'est à cause d'elle que j'ai épousé un homme qui n'avait qu'une seule main. C'est elle qui a torturé mes enfants à chaque fois qu'ils ont posé leur regard sur moi. Personne n'aime les déformés, sauf leur Créateur.

La maladie de ma fille était une déclaration de guerre. Même avant de tomber malade, elle voyait la mort partout.

Hayat disait :

— Un arbre est en train de bouger. Un arbre est en train de tuer. Je déteste les arbres.

Je sais qu'elle pensait aux soldats qu'elle voyait aux nouvelles, et à la manière dont leurs uniformes verts leur permettaient de se cacher dans les arbres. Je ne voulais pas que ma fille déteste la nature, mais elle était têtue et elle insistait : ses visions étaient vraies.

— J'ai vu des arbres tuer, j'en suis certaine, Maman.

Tout ça a eu lieu il y a longtemps. Aujourd'hui, les cendres de ma belle petite fille clignotent dans mon cœur. Je ne peux pas dire pourquoi je vois sans cesse son visage couleur lavande des années après sa mort. C'est un rappel de ma mère qui aimait ces fleurs. C'est triste, mais ma fille et ma mère sont ensemble dans l'écrin de la perte. Elles sont toutes les deux loin de moi.

Je ne savais pas que la lavande était un signe. La lavande était un signe.

Après avoir quitté la chambre de mon Salam, je suis partie chez le fleuriste acheter de la lavande. Je n'ai pas acheté de lavande ce jour-là ; j'ai seulement acheté un petit arbre. Quand je l'ai placé près du pupitre de Salam, j'ai chuchoté à ma fille, convaincue qu'elle était là : « Tu vois, Hayat, ça ne bouge pas. »

La maison. Ce mot m'est soudain apparu en pensée comme un feu éclatant. J'avais l'impression d'être exsangue. J'ai bu trop d'eau, jusqu'à me fondre terriblement dans mon ombre. Mon ombre est devenue plus triste et plus grande que moi. Mon ombre ne disparaît jamais, même au milieu de la lumière la plus brillante. Notre maison a été vaguement touchée par un missile dirigé vers une voiture qui passait dans la rue. Seules les fenêtres ont été brisées, et ce fut assez pour que l'histoire se répète par l'entremise d'une cicatrice sur Salam.

Quand Salam et moi avons quitté l'hôpital, nous avons loué une nouvelle maison. Nous avons essayé de faire le meilleur, dans les circonstances, et dans l'espoir que tout irait mieux. La maison était pâle comme un cadavre, et étroite comme une tombe. Je voulais retirer tous les miroirs des murs jusqu'à ce que Salam crie :

— Non, laisse-les !

Quand il s'est approché du miroir dans le couloir, il était droit comme un palmier. Il ne tombait jamais. Sa cicatrice était plus acceptable que la mienne. J'ai apporté un nouvel arbre, petit, et je l'ai placé dans la nouvelle maison.

C'est à ce moment-là que j'ai vu l'âme troublée de mon enfant. J'ai chuchoté, comme j'avais l'habitude de le faire depuis la mort de Hayat: « Tu vois, ça ne bouge pas. Il n'y a plus de mort, plus de meurtres. »

Tout le monde a crié d'une seule voix:

— C'est ta fête! Fais un vœu pour tes années à venir.

Il n'y a qu'une que je reconnaissais: celle, faiblissante, de mon fils. J'ai détourné les yeux, j'ai regardé tout autour, j'ai survolé tous les visages qui se trouvaient dans la pièce jusqu'au sien. Il était debout, on aurait dit un oiseau effarouché qui bat d'une aile et se sert de l'autre pour cacher sa cicatrice. Nous flottions au-dessus du chaos, dans un monde séparé, une bulle de lumière. J'ai regardé mon fils dans les yeux. Seuls lui et moi connaissions son vœu. Quelques secondes plus tard, et j'ai dit tout haut:

— Je l'ai souhaité.

Ce soir-là, j'ai rêvé que Hayat tenait un miroir devant moi. Je n'avais pas de cicatrice. C'était un rêve embrouillé. Quand je me suis levée, tout était noir sauf la lune: on aurait dit une boule lumineuse d'espoir. Pendant un instant, je l'ai imaginée en train de tomber. Ça m'a bouleversée. J'ai cru avoir oublié le rêve, mais ce n'était pas le cas, malheureusement. Les choses nous reviennent en mémoire quand elles trouvent ce qui leur manquait.

Une nuit de pleine lune, j'ai dit à Salam:

— Tout le monde a des cicatrices, je te promets.

— Est-ce que tout le monde a vécu la guerre, Maman?

— Oui, mon amour. Des guerres intérieures.

Il a continué à peindre des images de gens avec des cicatrices. Certaines sur le cœur, d'autres sur la tête.

Je lui ai demandé :

— C'est qui ?

— Mon père. Tu m'as dit qu'il lui manquait une main.

J'avais demandé à mon mari :

— Comment as-tu perdu ta main ?

— Je l'ai perdue. J'étais un petit enfant qui passait beaucoup de temps à s'amuser avec les autres. Un jour mon bras a été coincé dans un trou dans une clôture derrière laquelle il y avait des chiens affamés. Je ne le savais pas. Je voulais seulement l'ouvrir. Je n'entendais même pas d'aboiements. Tu vois comme j'ai eu de la malchance ! Ils ont mordu ma main, en ont fait un morceau de chair pourrie. J'étais terrifié, je l'ai laissée là et je me suis enfui.

J'aimais comment il dramatisait. J'ai ri. Je me suis dit que personne ne perd un bras de cette façon-là. Et je me suis rendu compte que la vérité ne m'intéressait pas.

Je suis passée devant la tombe de Salam sans dire un mot. On était en août. Quand le soleil se levait, il embrassait l'univers. J'ai remarqué que la lavande poussait dignement sur sa tombe. Il est mort d'une balle perdue en pleine poitrine.

Parfois, je m'étonne de la foi qui reste dans mon cœur malgré tout ce qui s'est passé. Malgré tout, ce que je veux, c'est le pardon de Dieu, parce que, parfois, je crois vraiment que c'est moi la responsable de ce qui est arrivé à mes proches. On dit que le feu détruit tout au moment même où il grandit. Souvent, quand je me regarde dans le miroir, je vois un feu qui brûle. C'est moi et je ne veux pas y croire.

Salam a été abandonné ici, une fleur rouge ouverte sur le désert. Je me suis penchée et j'ai serré son corps contre ma poitrine, pour que ma cicatrice enveloppe la sienne. Je me suis souvenu m'être arrêtée soudainement quand j'ai vu que la lune tombée, c'était lui. Il ne s'agit pas d'une autre guerre, parce que la guerre qui a emporté ma famille, il y a des années, ne s'est jamais arrêtée. On dit que les guerres prennent fin, mais dans les faits, elles ne s'arrêtent jamais.

— Pourquoi est-ce que tu veux la garder?

C'est une photo d'une réfugiée, une grande photo, laide et sombre.

— Je ne comprends pas pourquoi tu veux absolument la garder.

Il faisait référence à une photo qui était accrochée à côté de la porte d'entrée de la maison comme s'il s'agissait d'une image sainte. Tout ce que nous avions dans cette maison, c'étaient des images. Pas de caméras, pas de champs - seulement une faible lumière.

— C'est une image de la *Nakba*, et il faut se souvenir des gens qui ont subi tant d'agonie. Et puis, mon fils, il faut espérer que les prochaines générations se souviennent de nos agonies aussi.

J'avais demandé une fois à ma mère :

— Qu'est-ce qu'il y a après le ciel ?

— Le paradis.

— Ça ressemble à quoi ?

— Aux rêves d'enfants.

Je n'avais pas osé dire à ma mère que je ne rêvais pas souvent. Elle m'aurait trouvée étrange.

J'ai eu une enfance éparpillée, mais je commence à remettre les morceaux ensemble.

Je ne sais pas pourquoi, mais j'ai toujours imaginé le paradis comme notre champ vert, recouvert de soleil doré et de ciel bleu.

Quand je lui ai raconté ce qui était arrivé à ma famille, Salam m'a demandé :

— C'est quoi un massacre, Maman ?

J'ai répondu, dramatique :

— Je ne sais pas. Peut-être que les survivants ne peuvent jamais le comprendre. Seules les personnes qui ont saigné peuvent te l'expliquer.

— Mais toi aussi, tu as saigné.

— Tout ce que je peux te dire, c'est que rien ne peut le justifier, même pas ce qu'il y a de plus sacré dans le monde, même pas la paix elle-même, tu comprends ?

Je ne peux pas dire pourquoi j'ai vu la mort dans les yeux de mon fils à ce moment-là. Des nuages sont arrivés et plus tard, ils ont attaqué la lune. On n'a plus jamais vu la lune dans les cieux.

Et maintenant, je suis de retour à la maison. J'entends l'écho de mes enfants partout. Les champs sentent le sang et la décomposition, comme si une centaine de bœufs avaient été tués et y avaient été jetés. Mais ce n'étaient pas des bœufs. C'étaient des corps. C'est encore la guerre qui m'a ramenée à la maison, vide de tout sauf de ma pauvre mémoire.

Je ne porte que des sacs remplis d'étoiles, lourdes mais inutiles parce qu'elles ne sont pas suspendues dans le firmament. J'ai mis des photos de nous trois partout. Il y en avait beaucoup. Je faisais exprès de regarder toujours dans la même direction. Il n'y avait aucune photo de Salam et de moi tout seuls.

Je me suis agenouillée devant une des grandes photos où nous avons l'air à la fois heureux et abandonné. Quelle image trompeuse !

Ils n'aimaient pas le prénom de ma fille, et s'ils l'ont prise, c'était pour s'opposer à ce que voulait dire son prénom. Ils étaient jaloux du prénom de mon fils, et l'ont pris, ils l'ont envoyé là où trouvera une autre paix, éternelle.

— Tu souris.

— Oui, ça va.

Salam a vraiment souri pour la première fois quand il était en train de mourir.

Cette fois, il n'y avait pas de scène magnifique derrière lui, je ne le supplierais plus de sourire parce que la scène était parfaite, il n'y aurait plus de caméras. Rien d'autre qu'un sourire évanescent.

L'arbre a grandi. Ses feuilles sont tombées au sol comme des visages de démons. Mon fils et ma fille me manquent. Je suis allée chez le fleuriste et j'ai demandé de la lavande.

— Combien en voulez-vous, Madame ?

En tentant de cacher ma cicatrice, j'ai répondu :

— Beaucoup, s'il-vous-plait, tellement... Je veux que vous m'en apportiez à la maison tous les jours.

Pendant un instant, j'ai cru que ma cicatrice avait pâli. Qu'elle était presque disparue.

EN MÉMOIRE DE
REFAAT ALAREER
(1979 - 2023)

Portraits Hommages Solidarité

Traduits par Yara El-Ghadban

POSTFACE
ENTENDEZ-VOUS LE TAMBOUR ?

Yara El-Ghadban

Gaza écrit Gaza, parole d'une jeunesse qui refuse d'être silenciée, est sans doute la responsabilité la plus précieuse et la plus difficile qu'il m'ait été donné d'assumer comme éditrice.

Ces jeunes écrivains étaient dans la vingtaine, et c'était leur tout début en écriture. Ils vivaient sous un blocus imposé par Israël qui allait jusqu'à fixer le nombre de calories par jour auquel ils avaient droit. Ils avaient déjà survécu à l'assaut israélien de 2008 – 2009 (l'opération Plomb durci) et devaient encore affronter la violence, encore et encore.

Gaza Writes Back, l'édition originale du livre, paraît en 2014. La même année, Gaza subit une autre attaque israélienne (l'opération Bordure protectrice) qui, à l'époque, est la plus meurtrière. En 2018, les Palestiniens marquent le soixante-dixième anniversaire de la *Nakba* en entamant la Grande marche du retour. Les Gazaouis manifestent pacifiquement pour leur liberté au pied du mur qui les emprisonne et les sépare de leurs terres ancestrales. Plus de deux cents sont tués et des milliers, handicapés à vie par les balles de tireurs israéliens ciblant délibérément les genoux des manifestants. En 2024, une édition commémorative du livre paraît en anglais, alors qu'un génocide se poursuit depuis octobre 2023 avec la complicité des gouvernements du monde.

Gaza écrit Gaza voit le jour en 2025, au soixante-dix-septième anniversaire de la *Nakba*. Mais la *Nakba* n'a jamais cessé, ni le génocide – le nettoyage ethnique, la destruction massive, les innombrables vies anéanties, la famine, les enfants amputés de leurs jambes et bras, de leurs parents, oncles, tantes, frères, sœurs, amis, de leur maison, de leur école... du reste de l'humanité.

Comment rendre justice à toutes ces voix ensevelies sous les décombres ? Comment placer ce livre dans le temps, alors que l'assaut de 2008 – 2009 qui est à la fois le prétexte et le fondement de l'écriture chez ces jeunes se reproduit, comme un film d'horreur ? Comment fixer un début alors qu'il ne semble plus y avoir de fin ?

Parmi les écrivains, cinq n'ont jamais pu être retracés à la suite du génocide. « *Gaza écrit Gaza* est unique », disait le poète, professeur et éditeur Refaat Alareer dans l'introduction de l'édition originale de cet ouvrage. Oui, il est unique. Rien dans ce livre n'est anodin... Les notices biographiques de 2014 ont pris la forme de portraits, puis d'autoportraits, puis dix ans plus tard, les biographies se sont transformées en hommages au professeur aimé, en testaments, tant les mots manquent pour dire l'immensité de la souffrance, mais aussi la résistance et l'espérance.

Refaat Alareer n'a pas survécu au génocide. Lui et sa famille ont été assassinés. Mais ses mots continuent à vivre : raconter, raconter, fabriquer des cerfs-volants. Ce livre, c'est à la fois un acte de résistance, de commémoration et de restitution : restituer l'avenir confisqué à toute une génération.

Cette immense responsabilité n'appartient pas seulement à l'éditrice que je suis, mais à toute l'humanité. Ce qui se passe en Palestine ne concerne pas que les Palestiniens. Ce que l'on permet d'arriver en Palestine, on l'accepte aussi pour tous les pays du monde. Même les plus puissants ne pourront échapper à l'horreur que l'on a laissé courir débridée en Palestine.

Les auteurs de *Gaza écrit Gaza* ont écrit pour la première fois grâce à un professeur qui a vu dans leurs cris du cœur, diffusés sur les réseaux sociaux sous la forme de billets de blogue et de publications Facebook, les boutures d'une parole, d'un récit – un acte littéraire qui avait seulement besoin d'un peu d'eau et de soleil, d'un peu de nourriture et de tendresse pour qu'il pousse et devienne jardin. Refaat Alareer a pris ces jeunes sous son aile, les a initiés aux littératures du monde, les a aidés à s'approprier la langue coloniale – l'anglais – et à transformer leur colère et leur souffrance en récits pour les adresser au monde entier.

À notre tour de raconter, et nous raconterons encore et toujours !

Voici le message de *Gaza écrit Gaza*.

Et à nous, citoyens du monde, de répondre présents. De relayer, porter le message. C'est dans cet esprit que Rodney Saint-Éloi et moi-même avons lancé l'invitation aux écrivains du monde. Et la réponse a été retentissante. Vingt-cinq écrivains ont prêté leurs plumes à titre de traducteurs et traductrices pour amplifier les voix de la jeunesse palestinienne.

Gaza écrit Gaza a été traduit par des écrivains de toute la francophonie et qu'ils soient remerciés de tout cœur – Antoinette Tidjani Alou, Joséphine Bacon, Anaïs Barbeau-Lavalette, Hemley Boum, Doan Bui, Kathryn Casault, Nadia Chonville, Martine Delvaux, Ananda Devi, Yara El-Ghadban, Sabyl Ghoussoub, Karim Kattan, Kev Lambert, Frédérick Lavoie, Perrine Leblanc, Max Lobe, Nadine Ltaif, Beata Umubyeyi Mairesse, Léonora Miano, Philippe Néméh-Nombré, Laura Doyle Péan, Stanley Péan, Gabriel Robichaud, Elias Sanbar et Véronique Tadjo.

Ces écrivains-traducteurs représentent dix-sept pays, et autant de parcours de migration et d'exil, en écho aux voix de *Gaza écrit Gaza* : la Nation innue, le Québec, le Cameroun, la France, le Vietnam, la Martinique, le Canada, l'île Maurice, le Liban, la Suisse, le Rwanda, Haïti, l'Acadie, la Côte-d'Ivoire, Jamaïque, Niger... et, bien sûr, la Palestine.

Ensemble, avec les écrivains de la Palestine, nous battons le tambour. Le son résonne par-delà les checkpoints et les bruits assourdissants des bombes, par delà le silence des gardiens de l'ordre du monde.

L'entendez-vous ? Entendez-vous le tambour ?

— Y.E.
25 mars 2025

PORTRAITS DES AUTEURS ET AUTRICES

Wafaa Abu Al-Qomboz

2013

Ces deux guerres m'ont profondément marquée.
Je n'oublierai jamais la vue des enfants tués.

Wafaa Abu Al-Qomboz a vingt-deux ans. Elle étudie l'anglais à l'Université islamique de Gaza. Son enfance a été peuplée des récits et des expériences de la vie sous l'occupation israélienne : les maisons attaquées par les soldats, les femmes et enfants tués, et toutes les tentatives de détruire tout ce qui est lié à l'identité palestinienne. Wafaa a survécu à deux guerres sur la bande de Gaza : celles des opérations Plomb durci (2008 – 2009) et Pilier de défense (2012).

Wafaa a grandi, nourrie de la ténacité et de la résistance à l'injustice qui sont au cœur des valeurs palestiniennes. C'est par l'écriture qu'elle se bat et exprime sa colère contre l'occupation. C'est aussi par l'écriture qu'elle dit son amour pour son pays. Wafaa écrit depuis l'âge de onze ans. Elle a commencé par de courtes nouvelles sur la Palestine, puis s'est initiée à l'écriture en anglais. Elle aspire à poursuivre sa vocation littéraire.

Refaat Alareer

2013

La Palestine a d'abord été occupée dans l'imaginaire, c'est-à-dire par des mots, des récits et des poèmes. Nous devons donc répondre par l'imaginaire, nous servir de nos stylos pour défendre notre cause, nous éduquer nous-mêmes et éduquer tous les peuples du monde à ce sujet. Raconter nos propres histoires, c'est résister – résister à l'oubli et à l'occupation. Résister, c'est faire du bruit, et comme l'a dit Malcolm X: « Si vous ne vous levez pas pour quelque chose, vous tomberez pour n'importe quoi. »

Survivant de l'opération Plomb durci, Refaat Alareer est professeur et écrivain de Gaza. Il a une maîtrise en littérature comparée de l'University College de Londres et poursuit un doctorat en littérature anglaise en Malaisie.

Depuis 2007, Refaat enseigne les littératures du monde, la littérature comparée et la création littéraire. Il s'intéresse particulièrement à la relève palestinienne. Il travaille en étroite collaboration avec nombre de jeunes écrivains pour développer leurs compétences en création et en analyse critique.

Sous la direction de Refaat Alareer, *Gaza écrit Gaza* pose un regard nouveau sur la lutte pour une Palestine libre. Ce livre réunit des fictions écrites par de jeunes Palestiniens vivant à Gaza. Gaza répond par l'écriture et l'imagination à l'agression israélienne.

Le but du livre est d'exposer les atrocités de toutes les occupations et la violation des droits humains fondamentaux.

Jehan Alfarra

2013

Blogueuse gazaouie de vingt-quatre ans, Jehan Alfarra s'engage avec des organisations internationales et locales pour la cause palestinienne, en exposant la réalité de la vie à Gaza sur les réseaux sociaux et dans divers médias. C'est en tant que membre du Conseil des jeunes du programme Global Citizen Corps de Mercy Corps, qu'elle a rejoint le groupe de blogueurs Beyond Our Borders. Elle a désormais son propre blogue. À Gaza, elle est cofondatrice du forum culturel Diwan Ghazza et membre du Palestine Youth Advocacy Network à The House of Wisdom, où elle fait partie du protocole d'accueil des délégations. Jehan assume au sein de ces organisations diverses responsabilités, dont l'enseignement de l'anglais, l'interprétation et la traduction anglais-arabe, et vice-versa.

Jehan raconte la Palestine – un monde de tentes, de nuits de peur et de faim ; elle raconte les enfants et l'espoir de liberté, la survie qui se traduit en rires et sourires lumineux malgré des années de misère, de souffrance et de larmes ; elle raconte les blessures renouvelées jour après jour qui n'abattent pas les cœurs ; elle raconte – munie d'un stylo qui ne semble jamais manquer d'encre – l'horreur des F-16, des Apache, des chars Merkava et des mitrailleuses ; elle raconte la fable des pierres perchées sur les rives de la terre ; elle raconte l'instinct exceptionnel de survie qui dément le désespoir et l'injustice ; elle raconte l'histoire d'une terre autrefois vivante et qui, un jour, renaîtra.

Bien avant qu'il ne devienne mon professeur et mon mentor, Refaat était simplement cet homme plein d'humour que j'avais rencontré à la frontière alors qu'il tentait de partir à Londres pour poursuivre une maîtrise en littérature. C'était en 2006. Moi, adolescente sélectionnée pour faire des études dans une école secondaire américaine grâce à un programme d'échange; lui, jeune monsieur parmi nous, étudiants, qui avions fait le voyage jusqu'au checkpoint de Rafah dans l'espoir de partir pour les États-Unis.

Alors que nous attendions devant les grilles de la frontière, nous plaisantions et discutions. Il nous taquinait en tentant de nous piquer les casquettes offertes par le Département d'État américain qui nous protégeaient du soleil. Ah, comme nous avions ri! Son humour et son sarcasme étaient inimitables! Nous avons attendu des heures et des heures seulement pour qu'on nous refuse le passage et qu'on nous ordonne de revenir le lendemain, puis le jour suivant, et celui d'après, encore et encore. Partir relevait d'une mission impossible. À la fin de chaque journée, Refaat nous saluait en disant, tout sourire: « On se voit demain, les enfants! »

Nous sommes retournés à la frontière tellement de fois que nous avons cessé de dire au revoir à nos familles. La première fois que j'ai quitté ma famille pour aller à la frontière, j'ai pleuré. Je devais partir pour une année entière, seule. La deuxième fois, plus de larmes. Et les jours suivants, je leur lançais simplement: « À ce soir! » Nous avions accepté quelque part que nous étions piégés. Nous avions la certitude que nous ne sortirions pas de Gaza, que nous serions tous de retour chez nous à la tombée de la nuit. Et pourtant, nous étions portés par l'espoir qui nous poussait à tenter notre chance, jour après jour.

En 2024, sous les bombes israéliennes, Gaza vit encore ce mélange d'espoir et de désespoir. Refaat et moi avons réussi à quitter Gaza en 2006. Mais aujourd'hui, tout le monde ne survivra pas. En 2006, Refaat et moi avons réussi à quitter Gaza, mais certains à la frontière n'ont pas eu cette chance. Aujourd'hui, à Gaza, tout le monde ne survivra pas, mais comme me l'a appris Refaat au fil des ans, leurs histoires et leurs souvenirs vivront pour toujours. C'est à nous de les raconter, de préserver leur mémoire et de garder l'espoir vivant.

Cette fois, Refaat n'a pas réussi à s'en sortir, mais son histoire, elle, restera à jamais vivante. Et même dans les heures les plus sombres, elle continuera d'apporter de l'espoir.

Sarah Ali

2013

J'écris à la fois pour m'exprimer et pour exposer la vérité sur l'injustice faite au peuple palestinien.

Sarah Ali, Palestinienne née au Koweït en 1991, a grandi et vit à Gaza. En 2009, elle a entamé ses études à la Faculté des arts de l'Université islamique de Gaza et obtenu un baccalauréat en langue et littérature anglaises en 2013. Enseignante d'anglais, elle se passionne pour la littérature, la critique littéraire, la linguistique, l'art, la nature, la politique, la religion et les études religieuses. Elle s'intéresse particulièrement à la littérature postcoloniale, à la relation entre colonisateurs et colonisés, ainsi qu'à la manière dont l'identité et l'altérité sont représentées. Les enjeux de l'identité et de la représentation de soi sont également au cœur de ses réflexions. Sarah a commencé à écrire en arabe à un très jeune âge, mais ce n'est qu'après l'offensive israélienne de 2008 – 2009 (opération Plomb durci) qu'elle s'est mise à écrire en anglais.

Sarah croit fermement au pouvoir de l'écriture. Pour elle, lutter et résister à l'occupation se font sur plusieurs fronts, notamment dans le journalisme et les médias. Elle estime que les jeunes blogueurs et écrivains palestiniens dans les territoires occupés devraient s'exprimer dans leurs propres mots afin de faire entendre leurs voix longtemps marginalisées, quand elles ne sont pas réduites au silence.

Selon Sarah, il est essentiel de contester les images stéréotypées qui circulent à propos des Palestiniens et de ce qu'ils défendent. Sarah soutient la résistance palestinienne sous toutes ses formes et plaide en faveur d'un État unique pour tous ses habitants, quelle que soit leur race ou leur religion.

2024

Diplômée en langue et littérature anglaises en 2013, j'ai travaillé à l'Université islamique de Gaza en tant qu'auxiliaire d'enseignement avant de poursuivre une maîtrise en études littéraires anglaises à l'Université de Durham, au Royaume-Uni (2014 – 2015). Je suis ensuite revenue à Gaza, où j'ai obtenu un poste de chargée de cours en littérature anglaise. En 2019, j'ai entamé des études doctorales en littérature anglaise à l'Université de Cambridge.

J'ai rencontré Refaat à l'âge de quinze ans. Sa sagesse, ses conseils et son soutien indéfectible m'ont accompagnée à travers toutes les étapes de mon parcours académique et professionnel. Il avait fondé un forum de langue et de littérature anglaises – Regards sur la Palestine (Eye on Palestine) – qu'il a animé pendant une dizaine d'années jusqu'en 2010. Grâce à ce forum participatif, les jeunes Palestiniens de Gaza avaient la possibilité de communiquer avec le monde extérieur bien avant que les réseaux sociaux ne deviennent populaires. Nous y écrivions des récits, analysions de la poésie et nous régalions des subtilités de la grammaire anglaise. Certains des textes publiés sur ce forum ont ensuite servi de fondement pour les récits de *Gaza écrit Gaza*.

Cela a été un véritable plaisir de travailler avec Refaat sur *Gaza écrit Gaza*, et je suis émue de voir mon nom dans ses remerciements. J'ai été présente dès le premier jour : j'ai proposé des textes, les ai lus, et j'ai travaillé avec Refaat et les auteurs, ce qui a donné aux récits la forme et la structure qu'ils ont aujourd'hui. À l'époque, je venais de terminer mes études. Refaat, excellent lecteur et éditeur, était d'une grande humilité. Sa façon de dialoguer avec ses étudiants, en prenant leurs suggestions au sérieux et en les intégrant dans son travail éditorial, inspirait le respect et la confiance.

Quelques années plus tard, nous avons de nouveau travaillé ensemble, cette fois-ci à l'Université islamique de Gaza, où nous enseignions la littérature anglaise à la Faculté des arts. Des années d'échanges intellectuels riches et de moments de pur bonheur. J'ai appris à mieux connaître mon collègue. Nous enseignions parfois les mêmes sujets (littérature comparée, romantisme, littérature victorienne). Avoir Refaat comme collègue était une expérience unique. Son humour irrésistible, sa générosité – il partageait sans compter ses ressources et ses livres. Ses jeux de mots, aussi ringards soient-ils, nous faisaient rire aux éclats. Personne n'analysait la poésie comme lui : il décortiquait un poème pour ensuite le reconstruire à la perfection. Il récitait, interprétait et respirait la poésie des heures durant !

Sa passion, son intégrité et sa dévotion à ses étudiants ont rendu mon expérience d'enseignante infiniment plus précieuse. Nous avons conçu des séminaires, préparé des examens, organisé des conférences et des événements annuels pour le Département d'anglais, révisé des programmes universitaires... Refaat a brisé le blocus intellectuel imposé par Israël. Il a contribué à créer un environnement propice à l'épanouissement des esprits curieux et à l'émergence de nouveaux talents.

Se lancer dans un doctorat n'a pas été une décision facile. Refaat m'a encouragée à postuler. Il a écrit une lettre d'appui pour ma candidature à Cambridge. Il m'a guidée tout au long du processus. Dans les moments les plus sombres, alors que je vivais les habituelles crises existentielles d'un doctorat, il m'a offert des conseils avec une patience et une bienveillance infinies. Même pendant le génocide, nos dernières conversations ont porté sur les cours qu'il espérait enseigner avec moi après mon retour à Gaza, armée de mon diplôme doctoral.

Mon père est décédé à Gaza en décembre 2022. Je n'ai pas pu être auprès de ma famille à cause du blocus israélo-égyptien. Refaat a assisté à son enterrement. Je n'oublierai jamais son humanité, sa gentillesse et sa générosité.

Il est cruel d'écrire sur la disparition d'un ami proche. Mais s'il y a une leçon à tirer de la vie de Refaat, c'est qu'il n'aurait jamais voulu que nous nous noyions dans le chagrin alors qu'il reste tant d'histoires à raconter.

Pour Refaat, pour sa mémoire, pour son récit porteur d'espoir, nous devons continuer à écrire.

Yousef Aljamal

2013

Dans le monde d'aujourd'hui, les mots sont plus puissants que les machines de guerre et plus tranchants que les épées. Écrire, c'est raconter l'histoire, et les histoires rendent les choses présentes, immortelles, éternelles. Écrire, c'est me réapproprier mon histoire. Écrire, c'est garder la mémoire vivante, pour que nous n'oublions pas, pour que les détails ne s'effacent pas avec le temps.

Yousef Aljamal, vingt-quatre ans, est diplômé de l'Université islamique de Gaza et poursuit actuellement une maîtrise à l'Université de Malaya en Malaisie. Au cours des deux dernières années, Yousef a traduit des centaines d'articles, d'études et de rapports sur la Palestine. Il est également blogueur et s'engage activement à promouvoir la littérature palestinienne en Occident à travers la traduction. Il a cotraduit *The Prisoners' Diaries*, une compilation de vingt-deux témoignages de détenus palestiniens dans les prisons israéliennes.

Yousef croit fermement en l'importance des médias alternatifs pour atteindre les masses, alors que les médias traditionnels sont biaisés contre les Palestiniens et soutiennent largement leurs oppresseurs. Il a commencé à écrire en 2010, durant un épisode particulièrement strict du blocus sur Gaza. À la suite de la parution de son premier article, il a reçu beaucoup d'encouragements de la part de ses camarades et de ses professeurs. Pour Yousef, écrire, c'est exister.

Il écrit ce qu'il vit sous l'occupation, pour que le monde extérieur puisse mieux comprendre la réalité palestinienne. Sa priorité absolue est que les Palestiniens s'approprient leur récit en le diffusant eux-mêmes. Comme le rappelle Chinua Achebe : « Tant que les lions n'auront pas leurs propres historiens, l'histoire de la chasse glorifiera toujours le chasseur. »

2024 – Refaat a changé nos vies

Refaat est celui qui m'a appris, ainsi qu'à tant d'autres, l'amour de l'écriture et l'art de raconter. Il est difficile d'écrire sur lui. Je n'aurais jamais imaginé devoir raconter l'histoire de Refaat, comme il l'avait demandé dans son poème *If I Must Die* (*S'il est écrit que je dois mourir*), pour que sa mort devienne une source d'espoir, un conte.

Refaat était un homme d'amour et de joie ; il remplissait nos vies de rires et d'optimisme, grâce à son esprit vif et son incroyable capacité à manier les mots. En 2013, nous avons pris le même vol pour la Malaisie afin de poursuivre nos études supérieures. Lorsqu'il a appris que je n'avais pas encore trouvé de logement, il m'a invité à rester chez lui. J'ai dormi dans son salon pendant trois semaines. Le jour de mon déménagement, j'avais le cœur brisé. Il était bien plus qu'un professeur pour nous. Il était notre guide et notre mentor.

Son humour noir était sans pareil. Quelques jours après mon départ, j'ai dîné chez un ami. Il m'a appelé en plaisantant :

— Espèce d'ingrat ! Pas même un merci pour toute la nourriture que tu as mangée chez moi pendant trois semaines !

Il a ajouté en riant qu'il allait « m'écorcher » pour mon manque de gratitude et m'a sommé de venir m'excuser auprès de lui et de ses colocataires, Housam et Mohammed. (Mohammed a été tué dans une frappe aérienne quelques jours après Refaat...) J'ai apporté une pastèque pour faire la paix, et nous nous sommes réconciliés avec plein de rires. Cela n'a fait que nous rapprocher. Pendant deux ans, j'ai passé presque toutes mes fins de semaine chez lui. Mohammed disait toujours que j'agissais comme Refaat, car celui-ci ne supportait ni les coquilles ni les erreurs de ponctuation. J'étais fier qu'il me compte parmi ses amis proches après m'avoir longtemps enseigné. Nous avons célébré ensemble la parution de l'édition malaisienne de *Gaza écrit Gaza*, nous avons donné des conférences, nous avons voyagé à travers la Malaisie. Lors d'un événement, un homme a acheté cinquante exemplaires de *Gaza écrit Gaza* tellement la parole de Refaat l'avait remué. Durant ces voyages, j'ai compris que Refaat était la personne la plus exceptionnelle que j'aie jamais rencontrée.

Refaat était universel tant il avait du savoir, de l'élégance et l'art de la relation. À Gaza, il a initié des centaines de jeunes à l'écriture et à l'art de raconter. Hors de Gaza, il était connu grâce à son militantisme sur X (Twitter) et ses nombreux entretiens. Il a choisi de demeurer à Shujayia, dans le nord de Gaza, pour rester à l'écoute et transmettre les histoires des habitants de son quartier d'enfance. Pendant le génocide, il marchait vingt-cinq mille pas par jour afin de trouver une connexion Internet et partager les récits de Gaza. Il est resté fidèle à ses principes et à ses convictions. Ce n'est pas surprenant, car il s'inspirait de figures comme Malcolm X, comme il l'avait confié lors de son entretien pour la bourse Fulbright. (Il avait obtenu la bourse pour faire son doctorat aux États-Unis, mais Israël ne lui a pas accordé un permis de sortie. Il a finalement obtenu son doctorat de la Malaisie.)

En 2014, Just World Books et l'American Friends Service Committee ont organisé une tournée aux États-Unis, où Refaat, Rawan Yaghi et moi-même avons donné des conférences dans plus d'une douzaine de villes. Il disait que rencontrer des Juifs américains et voir des Juifs qui, pour la première fois, ne pointaient pas une arme sur lui, était son « moment Malcolm X ». Pendant cette tournée, ses mots bouleversaient les gens jusqu'à les réduire en larmes. Il croyait au pouvoir du récit. À ses yeux, l'histoire de chacun de ses étudiants méritait d'être racontée. C'est seulement plus tard qu'il a commencé à raconter sa propre histoire.

Ustaz (Professeur) Refaat était un homme plein de vie. Il avait toujours un livre sous le bras et il courait d'un atelier à une conférence, d'un projet à une autre aventure. Il a laissé une empreinte partout où il est passé : à Washington D.C., où un fauteuil porte son nom chez Helena Cobban ; à Melaka, en Malaisie, où il a aperçu deux chats identiques et les a immédiatement baptisés « Copier » et « Coller ». Aux États-Unis, où il comparait Chicago à Shujayia et New York à Zaytoun, en écho à la rivalité entre ces deux villes palestiniennes. Il combattait l'isolement intellectuel imposé aux Palestiniens de Gaza. Il encourageait les jeunes à voyager, à s'éduquer, puis à revenir à Gaza. C'est exactement ce qu'il a fait lui-même en 2017 après ses études doctorales. Il a touché tant de cœurs. Je ne serais pas à Istanbul aujourd'hui sans son soutien, d'abord pendant ma maîtrise, puis mon doctorat. Lorsque j'ai enfin obtenu mon doctorat, je l'ai appelé et il était fou de joie. Il n'a jamais refusé une invitation pour parler aux jeunes.

Refaat a changé ma vie, comme il a changé celle de tant d'autres étudiants. Il était le conteur de Gaza, il était aussi notre grand frère, celui qui prenait de nos nouvelles des années après notre départ, celui qui rendait visite à nos familles pour s'assurer qu'elles allaient bien en notre absence. Il était toujours là pour nous, il était toujours là pour Gaza.

En octobre 2023, j'étais à Bellingham, aux États-Unis. Il m'a demandé d'aller chercher une souris d'ordinateur qu'il avait oubliée chez un ami. Il plaisantait en disant qu'il devait y avoir mille souris maintenant. Jusqu'à son dernier jour, alors que les bombes israéliennes tombaient sur Gaza comme de la pluie, il a gardé son humour et son humanité. Il nourrissait les chats errants. Il racontait les histoires des habitants. Il plaisantait sans cesse, au point que ses abonnés sur X lui ont demandé comment il pouvait plaisanter en pleine guerre. Je suis si reconnaissant que nos chemins se soient croisés. Mais ce dont je suis le plus fier, c'est de pouvoir dire : je suis un étudiant de Refaat. Ses graines germeront et fleuriront pour toujours.

Tu reviens toujours, Refaat. Toujours.

Nour Al-Sousi

2013

Lorsque la seconde Intifada a éclaté en septembre 2000, j'ai compris que notre vie, en tant que Palestiniens, serait toujours un combat. Dans cette lutte, je n'avais que mon stylo. J'ai alors écrit des nouvelles sur des martyrs de mon âge.

Nour Al-Sousi a survécu à la perte de son pays, à deux guerres et à vingt-cinq ans de luttes. Elle a obtenu un baccalauréat en langue et littérature anglaises de l'Université islamique de Gaza. Depuis la tendre enfance, la lecture et l'écriture sont sa passion. Écrire pour elle est aussi naturel que respirer. La création littéraire était son cours préféré, et rien ne lui faisait autant plaisir que l'admiration dans les yeux de ses enseignants après la lecture de l'un de ses textes. Très tôt dans son parcours, elle a remporté un concours de nouvelles en ligne. Cette reconnaissance l'a encouragée à lancer son propre blogue. Vivre en Palestine, particulièrement à Gaza, est une source d'inspiration. Ses écrits traduisent les expériences des Palestiniens au quotidien.

Être une Palestinienne de Gaza lui a appris que l'on peut résister non seulement par les armes, mais aussi par les mots. Aujourd'hui, Nour est enseignante d'anglais. Elle s'efforce d'inculquer à ses élèves la puissance des mots.

Shahd Awadallah

2013

Raconter mes expériences et celles des autres, dévoiler ce que je vis, rendre visible des histoires invisibles et les crimes commis par l'occupant israélien... Tout cela m'a fait grandir, gagner de la force. J'ai pris conscience de ma propre situation afin de mieux transmettre ces scènes de vie et ces réalités au reste du monde.

Shahd Awadallah, vingt quatre ans, est diplômée en anglais de l'Université islamique de Gaza. Elle travaille comme enseignante dans une école de l'UNRWA à Gaza. Dès l'âge de sept ans, elle a développé une véritable passion pour la fiction et s'est mise à l'écriture à dix-huit ans, alors qu'elle était au collège. Seule l'écriture, son passe-temps favori, l'apaise. Ses textes mettent en scène les gens de Gaza, les sourires et les larmes qui en disent long sur leur vie et ses défis. Vivre sous l'occupation, en Palestine, a profondément marqué son écriture.

Nour El Borno

2013

Il y a la moi d'aujourd'hui et l'ancienne moi. Autrefois, je m'inspirais de mes amis et de ma famille. Aujourd'hui, c'est principalement la nature qui m'interpelle. J'ai la conviction qu'il est du devoir des écrivains de se lever et d'aider par les mots à changer ce monde. C'est ce que je fais, du moins ce que j'essaie de faire. J'espère qu'un jour, ce monde sera plus tendre pour toutes les générations. Je crois profondément que seuls les mots peuvent rendre justice à ma cause, et à la souffrance que la guerre a engendrée. Peut-être qu'un jour, nos mots ouvriront le chemin vers la liberté. Si ce que j'écris change la vie d'une seule personne, ce sera déjà immense.

Nour El Borno a vingt ans. Elle étudie la littérature anglaise à l'Université islamique de Gaza. L'écriture, la lecture et le cinéma font battre son cœur. Elle nourrit le rêve de devenir enseignante d'anglais. Nour s'est d'abord initiée à la poésie en anglais au secondaire. La poésie, c'est son oxygène, son échappatoire.

2024 – Au meilleur des artisans

Les jonquilles attendent ton retour,
« quand viendra-t-il ? » se demandent-elles.
Les mots s'alignent en symétrie,
« combien de temps encore avant le prochain cours ? »
La poignée de la porte de la salle N 402
s'ennuie de tes entrées grandioses,
ces entrées pleines de force et de grâce.
« Les retardataires ne seront pas admis », déclarais-tu,
mais tu savais pardonner quand il le fallait.
Tu portais ce rêve :
« Créativité et discipline », martelais-tu.
« Tout le monde peut écrire un poème,
tout le monde peut être conteur. »
Remarquant ton absence,
le Ciel balaie de lumière le tableau, et demande :
« Pourquoi pas aujourd'hui ? Où est-il, M. Refaat ? »
Ah ! Quclle gaffe de ma part...
Nous t'appelions déjà Docteur.
Nous nous sommes rencontrés en 2008,
jeune homme, tout de passion et d'enthousiasme.
Toujours toi-même en 2012,
tout de passion et d'enthousiasme,
alors que tu étais devenu professeur.
Ton amour de la littérature
allumait la salle.
« Lisez, lisez, lisez ! »
Telle était ta devise.

« Oubliez les citations », disais-tu,
« et soyez vous-mêmes. »
Drôle – et souvent, terriblement sarcastique.
« Refaat ? » demande Hamlet,
« Mère, l'avez-vous vu ? »
Elle hésite.
Lui qui a perdu son père, comment lui annoncer la perte d'un si cher ami ?
Ce n'est pas seulement mon manteau noir, bonne mère,
Ni les vêtements accoutumés de mon deuil,
Ni les soupirs que l'on force à exhaler,
Ni le ruissellement fécond de mes yeux,
Ni l'abattement de ma figure,
Ni tout ce qui est forme, humeur, extérieur de la douleur,
Qui peuvent exprimer véritablement ce que je ressens.
Les hiboux hurlaient la nuit
où ton refuge fut anéanti.
Là, sous les décombres, restent tes traces,
toi qui racontais les décombres,
là, sous les décombres,
restent les souvenirs,
les poèmes,
les étudiants,
les cours,
les personnages.
Beowulf a tenté de te sauver –
mais il est mort, lui aussi.
Refaat, on t'a tué – et pourtant...
Tes enfants vivront et raconteront tes histoires.

Tes élèves continueront le voyage.
Tes poèmes toucheront encore plus de cœurs.
Tes livres feront vivre ton héritage.
Retiens bien ces mots,
n'oublie jamais :
tant que les hommes respireront,
tant que les yeux verront,
cher Refaat,
tant qu'il y aura la vie,
tu vivras toi aussi.
Adieu.

Hanan Habashi

2013

Trop de gens dans le monde pensent avoir le droit de parler à notre place. Nous, les Palestiniens, souffrons de deux stéréotypes opposés et tout aussi injustes : soit nous sommes des victimes impuissantes, simples objets de pitié, soit des sauvages assoiffés de sang. Les Palestiniens ne sont ni l'un ni l'autre.

Hanan Habashi est née à Gaza en 1990. Elle a étudié la littérature anglaise à l'Université islamique de Gaza et travaille actuellement comme enseignante et traductrice. Elle s'intéresse à la musique, à la littérature et aux langues et traditions. La jeunesse palestinienne, selon Hanan, est capable de défendre sa juste cause contre l'occupation israélienne sur tous les fronts en s'appuyant sur la puissance constructive de la parole et de l'écriture.

Elle a commencé par un journal de bord, le quatrième jour de l'opération Plomb durci (2008 – 2009). Ce journal était pour elle un cri dans une rue vide. C'est en composant sa première nouvelle, *L pour liberté*, qu'elle a ressenti pour la première fois le pouvoir libérateur de l'écriture. Elle écrit avec la conviction que la Palestine – la terre, le peuple, et la mémoire collective – ne peut être réduite à une simple « guerre entre deux camps ». Écrire la Palestine est une responsabilité qui revient aux Palestiniens – et à personne d'autre. Pour un peuple sans État, déraciné et dépossédé, raconter l'histoire de la terre est le premier pas vers l'autodétermination. Son modèle est l'écrivain et journaliste engagé Ghassan Kanafani. Même si les intellectuels comme lui ne libéreront peut-être pas la Palestine, ils réussiront sans aucun doute à « ébranler les murs ».

2024

Je suis enseignante d'anglais depuis plus d'une dizaine d'années, animée par une passion profonde pour la transmission de la langue et la création de liens. Mon parcours, soutenu par une maîtrise en TESOL (Enseignement de l'anglais langue étrangère) et en linguistique appliquée, m'a permis de marier l'écriture et la lecture académiques à la création littéraire. Bien que je ne me considère pas comme une écrivaine, je dois mon amour pour la création littéraire au docteur Refaat Alareer.

Il était mon professeur et la première personne qui a réellement cru en mon potentiel de conteuse. Il m'a accompagnée tout au long de mon parcours. C'est en m'inspirant de lui que j'ai cofondé le Paper Boats Zine, un projet mettant en valeur les voix des femmes de Gaza, ainsi que la richesse et la diversité de notre communauté. Je m'efforce de créer des espaces sécuritaires pour les communautés défavorisées, notamment à travers des clubs de lecture et d'écriture, qui offrent une plateforme aux voix marginalisées. L'écriture a toujours été un refuge. Je ressens la responsabilité de marcher dans les pas de docteur Refaat en encourageant l'émergence de récits authentiques pour lutter contre les discours dominants qui effacent nos histoires.

L'assassinat de docteur Refaat m'a poussée à élever ma voix. C'est un sentiment partagé par tous ses élèves et amis. J'ai alors publié sur mon compte instagram @hananrights des textes bruts et spontanés. C'était l'effet Refaat – bien plus subtil, mais infiniment plus puissant que l'effet papillon.

Tasnim Hamouda

2013

J'ai compris, lors du cours d'anglais avancé, que maîtriser cette langue m'était bien plus qu'un simple projet académique. C'était un moyen d'expression qui me permettait d'être créative dans un monde où les mots sont puissants.

Étudiante de dix-neuf ans, Tasnim Hamouda vit dans la ville de Gaza. Elle a hérité son amour de la langue anglaise de sa mère, qui a été son enseignante et qui l'a encouragée à travailler pour mieux maîtriser la langue. Dans sa vie, comme dans son parcours, c'est une citation de Malcolm X qui la guide : « L'avenir appartient à ceux qui s'y préparent dès aujourd'hui. » Fidèle à sa devise, elle s'engage dans son cheminement académique et ses études en anglais. À quatorze ans, elle s'est inscrite à un cours d'anglais avancé, une expérience qui a changé sa vie. Elle a adopté l'anglais comme langue d'écriture, puis la première guerre contre Gaza a éclaté. Elle a failli y perdre ses parents et la maison familiale sous une bombe israélienne. Comme de nombreux Gazaouis, elle a eu du mal à se remettre de cette expérience douloureuse. Au lieu de se laisser abattre, Tasnim est devenue plus déterminée que jamais et a voulu s'investir davantage dans sa communauté. La guerre lui a appris à voir la société dans son ensemble et à comprendre qu'elle en était une partie essentielle. Elle a grandi, et ses rêves ont grandi avec elle. Le 20 juin 2013, elle a pu voyager aux

États-Unis dans le cadre d'un programme de leadership. Pendant six semaines, elle a découvert de nouveaux styles d'écriture et s'est rapprochée un peu plus de ses rêves.

Elham Hilles

2013

L'écriture est une forme de résistance qui me permet d'exprimer la détresse et la souffrance des réfugiés palestiniens dans les camps autour de ma ville.

Palestinienne née en 1988, Elham Hilles habite à Gaza. En 2006, elle a entamé ses études en littérature anglaise à l'Université islamique de Gaza, un rêve qu'elle nourrissait depuis son enfance. Mariée et femme au foyer, Elham s'intéresse à la traduction, aux littératures arabe et russe, à la littérature comparée et à la politique. Avant d'écrire en anglais, elle a signé de nombreux articles satiriques et des nouvelles en arabe, parus entre 2007 et 2009 sur divers forums en ligne. Elle écrit en partie pour s'évader, mais surtout afin de mieux réfléchir au monde qui l'entoure et d'inventer, grâce aux mots, ce qui n'existe pas.

Samiha Olwan

2013

J'ai lancé mon blogue pour que je puisse parler de « moi », de mon propre vécu. Rassembler les fragments morcelés de ma maison et de mon identité. Écrire dans un espace où ma voix ne serait plus restreinte par les conventions de l'écriture autobiographique, où il serait possible d'écrire cet authentique « je » qui dit la vie sous l'occupation.

Samiha Olwan, vingt-cinq ans, est diplômée d'un baccalauréat en littérature anglaise de l'Université islamique de Gaza et d'une maîtrise en études culturelles de l'Université de Durham, au Royaume-Uni. Elle a lancé son blogue personnel quelques années après la guerre contre Gaza de 2008 – 2009. Face à la vie, mais aussi à la mort, elle s'est sentie prisonnière, dans son corps et son identité, de cette lutte nationale où l'individu et le collectif sont à la fois figés et objectivés. Samiha écrit par nécessité. C'est sa réplique à un discours imposé de l'extérieur qui déshumanise les Palestiniens et les emprisonne dans un récit victimaire dictant ce que devraient être leur vie et leur histoire. Elle a voulu y rétorquer par sa propre voix – une voix palestinienne. Pour elle, toute expérience mérite d'être racontée, qu'elle soit intime ou issue de réalités ancrées dans l'histoire palestinienne, comme l'exil forcé et l'espoir du retour. La mémoire, rappelle-t-elle, est tout ce qu'il reste de la maison ancestrale et de l'appartenance. Les mots et les réseaux les rendent visibles et accessibles, ce qui en fait des armes précieuses.

2024

La toute première fois, je suis entrée dans son cours qui portait sur l'œuvre de Shakespeare. C'était sous le conseil d'une amie finissante. Monsieur Refaat m'a accueillie à bras ouverts et n'a pas du tout été dérangé par la présence d'une étudiante de première année. Après cela, je n'ai manqué aucun de ses cours. Parfois, je suivais le même cours deux fois. Pour nous, les passionnés de littérature, son enthousiasme était contagieuse.

Si vous nous piquez, ne saignons-nous pas? Si vous nous chatouillez, ne rions-nous pas? Si vous nous empoisonnez, ne mourons-nous pas?

Il déclamait le monologue de Shylock, en déambulant de long en large dans la salle, sa voix puissante et passionnée, ses yeux cherchant les visages qui laissaient transparaître un soupçon de curiosité ; ceux parmi nous qui partageaient son amour des mots et leur beauté. Son intellect joyeux transparaissait dans son cours sur les poètes métaphysiques et les métaphores complexes de John Donne. Pour expliquer la vision de ces poètes, il répétait : « Ce qui compte, Samiha, ce n'est pas le *quoi*, ce que nous exprimons, mais le *comment*, comment nous l'exprimons. »

Monsieur Refaat célébrait nos petites victoires sur la forme. Il en était fier : « Cet espace vide que tu as laissé, est-ce un choix délibéré pour représenter le silence ? Brillant, Samiha ! » Il me félicitait sans trop de fracas et cela me comblait de bonheur.

Il était un grand amoureux de la littérature anglaise, de Shakespeare, Blake et T.S. Eliot, sans pour autant être aveuglé par l'admiration. À côté du canon littéraire, il nous donnait à lire l'autobiographie de Malcolm X et l'introduction de Sartre aux *Damnés de la Terre* de Frantz Fanon, et nous poussait à relever les voix marginalisées au sein du canon. Ah, combien d'heures avons-nous passé à discuter de la manière dont nous, Palestiniens, étions représentés dans la littérature dominante, et à déconstruire nos propres peurs de remettre en question ce regard et son autorité !

Monsieur Refaat était aussi notre porte d'entrée vers la littérature palestinienne, souvent négligée dans le cursus traditionnel. Il avait transformé le casier de son bureau en une bibliothèque, où l'on pouvait emprunter tous les livres qu'il avait collectionnés pendant ses études au Royaume-Uni. Chaque semaine, nous y prenions des livres au hasard. S'il était dans son bureau, nous parlions longuement de littérature. C'était comme un club de lecture secret.

Monsieur Refaat voyait le talent immense de la jeunesse gazaouie. Il nous a appris à rejeter l'image de la victime et à refuser les représentations simplistes de notre réalité. Bien avant de fonder le projet We Are Not Numbers (Nous ne sommes pas des chiffres), il organisait déjà des ateliers d'écriture gratuits pour la jeunesse palestinienne.

Véritable orateur, il dénonçait avec force et éloquence le colonialisme, le nettoyage ethnique ainsi que le blocus inhumain et illégal imposé à Gaza. Mais sa véritable passion résidait ailleurs. Elle était dans les histoires enfouies sous les ruines, dans les voix qui criaient fort, mais que le monde refusait d'entendre. Il écoutait ces voix avec une attention infinie, et nous répétait sans cesse : « Elles comptent. Elles comptent. Elles comptent. »

Monsieur Refaat était un visionnaire, une âme qui ne se lassait jamais de donner. Il n'était pas seulement un brillant intellectuel. Pour nous, ses élèves, il était bien plus que cela. Son dernier poème est maintenant cité partout, mais c'est presque douloureux de le voir ainsi. Car ce poème ne représente qu'un fragment de ce qu'il était pour nous.

Monsieur Refaat, nous sommes désolés. Aucun de nos hommages ne parviendra à exprimer la douleur de votre perte. Nous n'avons pas encore eu le droit de faire notre deuil, pas au milieu d'un génocide.

Que vous reposiez en puissance.

Samiha a obtenu son diplôme de l'Université islamique de Gaza en 2010 et a travaillé comme assistante d'enseignement dc 2010 à 2011. Ellc cst aujourd'hui professeure en littérature anglaise et création littéraire à l'Université de Murdoch, en Australie occidentale. Sa thèse de doctorat portait sur la voix féminine dans les récits des blogueuses palestiniennes. Son intérêt pour ces récits est né en 2010, lorsqu'elle a commencé à publier des billets de blogue sur la vie sous blocus à Gaza, et s'est approfondi dans le cadre de sa collaboration avec le Centre palestinien pour les droits de l'homme. Elle y documentait les témoignages de femmes gazaouies victimes d'agressions israéliennes. À travers ses recherches, Samiha met en lumière les histoires des femmes, afin de les sortir de la marge.

Ayah Rabah

2013

Étudier la médecine à Gaza, c'est voir se réaliser une seule part de mon rêve. L'autre part demeure lointaine, inscrite dans les corps des patients que je soignerai et les mots que j'écrirai. L'écriture, c'est la liberté... C'est à travers les mots que je trouve ma voie. Ma vie tend alors vers des rêves plus grands. Je me vois devenir la personne que je voudrais être. L'écriture me maintient en vie. C'est elle qui me donne une raison de survivre.

Aya Rabah est étudiante en médecine à l'Université Al-Azhar de Gaza. Elle a vingt ans. Quand elle n'est pas aux études, elle consacre son temps au bénévolat au sein de l'Association des étudiants en médecine. L'écriture, pour elle, est cette potion magique qui lui permet de grandir et la motive à avancer. Ses premiers textes ont vu le jour à la suite de la seconde Intifada palestinienne, en réaction aux scènes morbides dont elle a été témoin. La guerre contre Gaza de 2008 – 2009 (opération Plomb durci), n'a fait qu'intensifier son désir d'écrire. Écrire les souvenirs doux-amers de la Palestine et de ses héros. Écrire les visages qui la hantent et l'inspirent : les prisonniers, les martyrs, les générations de réfugiés chassés de leurs terres... Écrire la destruction et la mort qu'inflige Israël à la Palestine.

2024

C'était le soir de mon quinzième anniversaire. Le souvenir est vif : je me revois assise pendant des heures, à écrire un premier récit en anglais, ce qui signerait un formidable début pour cette nouvelle année – je devais le terminer avant minuit. Le lendemain, j'aurais mon cours d'anglais avec mon professeur préféré, monsieur Refaat. Tout ce que je voulais, c'était de pouvoir lui soumettre mon premier récit.

Les jours ont passé. J'attendais la leçon de la semaine suivante avec impatience, ce moment où il donnerait son avis après la lecture du récit. Il est entré dans la salle de classe, serein et noble, et avant que la leçon ne commence, il s'est tourné vers moi et il a dit qu'il était impressionné par mon récit, que je devrais continuer à écrire. Je me souviens du doux tumulte dans mon cœur et de la cascade de rêves dans ma tête. Mais surtout, je me souviens du bonheur, d'un véritable bonheur, si pur, et de la fierté. Il complimentait le premier texte littéraire d'une enfant en quête de reconnaissance et d'identité dans cette Gaza qui était son monde en entier.

Pendant la première guerre à Gaza, en 2008, nous avons dû cesser les cours et rester à la maison. J'ai survécu à cette guerre grâce à ce que ce mon professeur avait inculqué en moi. J'avais mon stylo et mon carnet toujours près de moi. J'écrivais pour me protéger de la folie de la guerre qui rugissait à l'extérieur. J'écrivais ce que je vivais, et cela me redonnait de la force et de la résilience.

Je n'oublierai jamais nos retrouvailles, après la guerre. Il était assis devant nous, il lisait tout haut un extrait de poème de Tamim Albargouthi : « Je me sacrifierais pour tous les Victor qui sont tristes, dont les bien-aimés sont morts en cherchant à protéger les autres ! » Il ne cachait plus ses larmes. En un instant, toute la salle s'est effondrée en larmes : les murs, les rayons du soleil sur son beau visage, et même le silence.

Après la fin du programme d'enseignement de l'anglais, je n'ai pas revu monsieur Refaat pendant plusieurs années. Je chérissais les souvenirs du travail avec lui. En 2013, j'ai reçu de sa part une invitation à collaborer à une collection de récits sur la guerre à Gaza. J'avais hâte de lui montrer tout ce que j'avais appris de lui. J'ai soumis mon récit et attendu, comme avant, toute fébrile, sa réponse. Je poursuivais alors mes études en médecine tout en écrivant de temps en temps.

Oh, monsieur Refaat... Si je pouvais le revoir au moins une fois... Je lui dirais que je me souviens de chaque mot qu'il m'a dit en tenant le premier jet de mon récit, de chaque commentaire partagé dans cet immeuble où nous avions fixé rendez-vous. Ce même immeuble qui a été bombardé en 2023. Combien j'étais heureuse d'avoir été à la hauteur de ses attentes. Me voilà médecin et je continue à raconter nos histoires, comme il l'avait souhaité. J'ai publié mon premier roman en arabe en 2020, *Parce que l'amour ne meurt pas*.

Je n'arrivais pas à croire et je n'arrive toujours pas à croire que le meilleur professeur que j'ai jamais eu soit disparu, celui qui m'a montré comment me relever de la douleur et la transformer en mots que d'autres pourront lire et transmettre. Je lui dois tant. Jusqu'au dernier mot que j'écrirai, il aura mon respect, mon amour, et ma gratitude.

Rest in power. Repose en puissance, cher professeur, et que tes mots vivent à jamais !

Traduit par Martine Delvaux

Mohammed Suliman

2013

Le mot Gaza évoque une multitude de paradoxes : la vie et la mort, la joie et la détresse, la passion et la misère, l'espoir et le désespoir. Gaza, ce mot fait surgir à lui seul deux images profondément ancrées dans la mémoire de chaque Gazaoui – celle du petit Fares Oda, debout face à un char, une pierre dans la main, et celle de Mohammed El-Dorra, tout aussi petit, blotti contre son père et implorant qu'on lui épargne la vie. Mot léger en apparence, Gaza pèse lourd sur le cœur de ses ennemis.

Mohammed Suliman est un écrivain et militant des droits humains. Il vit à Gaza. Il a obtenu une maîtrise en droits humains à la London School of Economics. Ses articles ont paru dans divers médias, dont Al Jazeera English, Open Democracy, The Electronic Intifada, et Mondoweiss. Face à l'occupation israélienne, sa violence, et l'instabilité politique qu'elle engendre, Mohammed n'avait d'autre choix que d'écrire. Il voulait témoigner, partager ses expériences et réflexions. Il a donc créé un blogue pour permettre aux lecteurs d'en apprendre davantage sur la vie des Palestiniens, au-delà des discours politiques opaques et des analyses médiatiques biaisées. Ceux qui n'ont jamais visité Gaza imaginent la Palestine comme un lieu de misère et de souffrance, où il n'y a aucun moment de paix. Or, dans son blogue, Mohammed parlait de paix autant que de guerre, d'espoir autant que de désespoir, de déplacement forcé autant que du droit au retour. Il écrit toujours sur Gaza, pour Gaza et aux habitants de Gaza.

2024

Malgré l'omniprésence de la mort, son spectacle familier, la constatation qu'on a plus de chance de mourir que de survivre, que la mort sera désormais notre compagnon, constant et prévisible, que son odeur nous collera toujours à la peau, tangible, dans cette guerre, ce génocide à Gaza, il reste des personnes que l'on ne peut imaginer mourir. Il existe des figures qui incarnent l'âme même d'un peuple, des êtres qui doivent survivre à tout prix. Leur disparition menace l'existence collective. Elle dépasse l'entendement. Ce genre de personne doit être protégée. Ce genre de personne ne peut pas mourir. Ou bien... peuvent-elles? Peut-être devrais-je dire que Refaat est «parti» au lieu de dire qu'il est «mort». Car Refaat ne peut pas mourir. Or, aucun euphémisme ne pourra adoucir cette réalité:

Refaat est mort. Non, Refaat n'est pas simplement mort. Il a été assassiné. Il a été assassiné par l'État israélien, cet État qui a tué tant de membres de sa famille : sa sœur, son frère, ses neveux et nièces, sa belle-famille, et tant d'autres encore. Cet État a détruit sa maison, anéanti son quartier, rasé sa ville, déraciné son peuple, laissé ses enfants orphelins, et a commis des crimes indicibles contre l'humanité. Refaat n'a pas été protégé. Il a été abandonné à la mort. Une personne comme lui n'aurait jamais dû mourir. Il était censé survivre, être la mémoire et la voix de son peuple. Même lui a été traqué. Même lui a été assassiné.

À Gaza, tout le monde meurt. Tout le monde est assassiné. Et personne – personne – n'est à l'abri. Sa mort n'est pas juste une mort. C'est une tragédie irrévocable. C'est la preuve terrible que même les esprits les plus brillants, les plus résistants, les plus essentiels peuvent être abattus sans conséquence. C'est la réalité effroyable du génocide. Refaat ne devait pas mourir.

À Gaza, tout le monde peut être tué. Pourtant, Refaat devait être une exception. Je l'ai rencontré lors de mon premier cours à l'université. Il était un enseignant incroyable : énergique, inspirant, plein d'humour, doté d'une intelligence encyclopédique et d'une capacité d'empathie infinie. Il ne regardait pas ses étudiants de haut : il les rejoignait là où ils étaient, partait de leur niveau pour les amener vers lui. Il ne nous traitait pas comme des élèves, mais comme des égaux. Il nous a transmis l'amour du récit. À Gaza, le siège, les bombardements et l'invasion ont brisé les rêves de toute une génération. Dans sa classe, l'espoir renaissait.

Il nous a appris que nos histoires sont nos armes. Avec nos mots, nous pouvions résister. Raconter, c'était aussi se battre pour la vie. Quel honneur d'avoir été son élève... J'ai appris tellement de lui, à l'université comme dans la vie. Grâce à lui, j'ai poursuivi mes études à Londres et en Australie. Et jamais je n'ai perdu de vue ses enseignements : transformer les mots en armes, et les récits en révolte.

C'est cela, l'héritage de Refaat. Il vit en nous, ses étudiants, sa famille, ses amis, son peuple. En vérité, aucun mot ne peut vraiment capter l'immensité de ce qu'il nous a transmis. Refaat était fait de mots, de récits, de poèmes, d'histoires. Et aucun mot ne pourra rendre justice à son combat. Refaat a été assassiné. On l'a laissé être assassiné. Mais Refaat n'est pas mort.

Car Refaat ne peut pas mourir.

Rawan Yaghi

2013

La littérature peut briser les frontières et les murs. La fiction a le pouvoir d'effacer les barrières mentales et les préjugés, de toucher directement le cœur des gens. J'espère que mes récits permettront aux autres de vivre la même expérience. J'ai l'impression de posséder quelque chose quand j'écris. Je ressens une forme de liberté. Cette liberté que je m'accorde à moi-même et que je refuse à quiconque de violer. Et bien que mes récits soient enfermés derrière des murs et plongés dans la guerre, ils me rendent libre, car c'est moi qui choisis de les écrire, je refuse de me taire.

Palestinienne de Gaza, Rawan Yaghi a vingt ans. Elle a entamé ses études de littérature anglaise à l'Université islamique de Gaza et les poursuit désormais à l'Université d'Oxford, au Royaume-Uni. Rawan aime écrire et peindre. Elle s'est initiée à l'écriture en anglais à la suite de l'offensive israélienne de 2008 – 2009 sur Gaza. Dans ses récits, elle privilégie la perspective des enfants. Leurs voix, selon elle, sont celles qui expriment le plus puissamment la souffrance et l'espoir des habitants de Gaza. Ses récits s'inspirent d'événements réels, des drames qui se produisent chaque fois qu'un avion israélien lâche ses bombes. Après chaque attaque, un enfant est enterré sous les décombres. Chaque fois qu'un pilote appuie sur un bouton pour lancer un missile, un enfant est traumatisé, un autre est tué, un autre encore est laissé seul, un autre est réduit à un tas de chair méconnaissable. Rawan écrit pour raconter les histoires de ces enfants, car elle refuse de les voir souffrir davantage. Si les gens ressentaient leur douleur, ils agiraient pour mettre fin à l'horreur. Née réfugiée, elle n'a connu que le déracinement, privée de la terre et de l'appartenance. Elle aspire à la liberté. Pour elle, ce n'est pas un cliché.

2024

Il était mince et marchait à grandes enjambées. Quand il n'avait pas le nez plongé dans un livre, celui-ci était coincé contre ses côtes, comme une seconde peau. Il levait la tête haut, soit pour plaisanter, soit pour écouter attentivement son interlocuteur.

J'ai connu Refaat la moitié de ma vie. C'est ma sœur qui m'a parlé de lui la première fois. Il était son professeur à l'Université islamique de Gaza. Elle faisait partie d'un forum en ligne qu'il avait créé, pour que ses étudiants puissent échanger leurs impressions sur leurs cours, partager leurs textes et leurs idées. J'ai rejoint ce forum à l'âge de quatorze ans. J'ai découvert Orwell et j'ai fait la connaissance de Refaat. Plus tard, il m'a enseigné dans le cadre d'une bourse de deux ans, octroyée par les États-Unis aux élèves palestiniens de quatorze à seize ans, considérés parmi les plus brillants de leur cohorte.

Mes camarades étaient très attachés au professeur qui avait précédé Refaat. Il a suffi de cinq minutes... cinq minutes après son entrée dans la classe, il avait toute notre attention. Nous avions soif d'un enseignant comme lui. Il nous mettait au défi, nous noyait d'informations, écoutait nos bêtises. J'ai écrit mon premier récit en anglais et je l'ai publié sur son forum. C'était l'histoire d'un enfant qui avait perdu son meilleur ami. Incapable de pleurer, il rentrait chez lui et fixait le plafond toute la nuit. Refaat m'a immédiatement prise sous son aile. Dès le premier jour, il m'a encouragée à écrire davantage. Il m'a vue. Et il m'a hissée pour viser plus haut, vers le meilleur de moi-même.

Après le secondaire, j'étais déchirée entre des études d'ingénierie ou de littérature anglaise. Refaat m'a encouragée à choisir la littérature. Et ça tombait bien, parce qu'il était professeur dans ce programme à l'Université islamique de Gaza. Grâce à lui, j'ai découvert la littérature italienne, lu Pirandello, et remonté jusqu'à Dante et Pétrarque. J'ai emporté ces connaissances avec moi à Oxford, où il m'a aussi encouragée à postuler.

Il nous a enseigné la littérature anglaise dans le contexte des littératures du monde. Il a conçu un programme d'études autour de l'écriture et de la nouvelle selon sa propre philosophie, en s'appuyant sur Ghassan Kanafani, Virginia Woolf, Tchekhov, Hemingway et Pirandello. Il insistait sur l'universalité de la littérature, sur son pouvoir de faire tomber les préjugés et de remettre en question les pouvoirs en place. Il y croyait profondément. Il a été tué pour cela. Parce qu'il dérangeait. Parce qu'il combattait les préjugés. Parce qu'il défiait les puissants.

Je ne peux pas réduire Refaat à un simple souvenir. Il faisait partie de moi. Quand je l'ai perdu, j'ai pleuré. J'ai hurlé. Il aimait son métier. Il aimait ses étudiants, qui devenaient souvent ses amis. Nous l'aimions. On nous l'a arraché.

À PROPOS DES TRADUCTEURS ET TRADUCTRICES

ANTOINETTE TIDJANI ALOU (Niger, Jamaïque) est universitaire, traductrice, écrivaine et promotrice culturelle. Elle écrit en anglais et en français. Comptent parmi ses œuvres, *On m'appelle Nina* (2017, finaliste du Prix Ivoire), *Tina Shot me Between the Eyes and Other Stories*, et *Mano, de l'autre bord* (Project'îles, Mention Spéciale Prix Ivoire, 2023).

JOSÉPHINE BACON est une poète innue originaire de Pessamit et née en 1947. Chez Mémoire d'encrier, elle a publié *Bâtons à message/Tshissinuatshitakana* (2009), *Nous sommes tous des sauvages* (2011, en collaboration avec José Acquelin), *Un thé dans la toundra/Nipishapui nete mushuat* (2013, finaliste au prix du Gouverneur général), *Uiesh / Quelque part* (2018, prix des libraires 2019) et *Kau Minuat / Une fois de plus* (2023). En 2023, elle a reçu le prestigieux prix Molson du Conseil des arts du Canada pour son apport inestimable à la littérature.

Cinéaste et écrivaine, ANAÏS BARBEAU-LAVALETTE a aussi complété des études politiques sur le monde arabe à l'Université Birzeit en Palestine. Son art, qui emprunte plusieurs supports créatifs, représente les luttes et conflits du monde d'un regard toujours tourné vers l'individu et la quête de beauté. Outre quatre longs-métrages de fiction, dont *Inch'Allah*, tourné en Palestine en 2012, elle a aussi réalisé de nombreux films documentaires. Son roman *La femme qui fuit* (Marchand de feuilles, 2015), énorme succès populaire a remporté le Prix des libraires du Québec, le grand prix de la ville de Montréal ainsi que le Prix littéraire France-Québec.

HEMLEY BOUM a grandi à Douala, au Cameroun. Elle vit en région parisienne. Elle a publié quatre romans, qui ont été traduits en six langues. Elle a reçu le prix Ahmadou-Kourouma en 2020 pour *Les Jours viennent et passent* (Gallimard, 2019). *Le rêve du pêcheur* (Gallimard, 2024), roman générationnel sur l'exil et la quête de soi entre le Cameroun postcolonial et la France d'aujourd'hui, a remporté le Prix des cinq continents de la Francophonie et le Grand prix Afrique.

DOAN BUI est une autrice franco-vietnamienne. Elle a écrit *Le silence de mon père*, récit paru en 2016 (Prix Amerigo Vespucci et Prix de la Porte Dorée), *Lettres d'Amour et de guerre avec Pavlo et Viktoriya Matyusha* (2024), pont entre Vietnam et Ukraine et deux romans *La Tour* (2022) et *Le pays de nulle part* (2024), parus aux éditions Grasset. Elle est également scénariste de BD et journaliste au *Nouvel Obs*, où elle a obtenu le prix Albert Londres 2013.

Traductrice et maquilleuse cinéma depuis plusieurs décennies, KATHRYN CASAULT est habitée par les paroles du cinéaste Jean-Claude Labrecque : « Filmer un visage, c'est filmer un pays. » Elle traduit notamment les voix de femmes des Premières Nations, d'artistes, de poètes. Ce passage d'un monde à l'autre, ce pont entre esprits et langages inclut sa collaboration de longue date avec la Chaire de recherche du Canada sur les enjeux relatifs aux femmes autochtones. Son parcours cinématographique, comprenant des œuvres telles que *Incendies* et *Inch'Allah*, a été récompensé par de nombreux prix.

Née en 1989, NADIA CHONVILLE est une autrice et intellectuelle féministe martiniquaise. Elle enseigne l'histoire et la géographie au lycée Victor Schoelcher. Docteur en sociologie spécialiste des violences liées au genre dans la Caraïbe, elle marque la nouvelle génération d'écrivains antillais avec une perspective féministe et décoloniale. Son premier roman, *Mon cœur bat vite,* est paru chez Mémoire d'encrier en 2023. Elle vit en Martinique.

Romancière et essayiste féministe, MARTINE DELVAUX est notamment l'autrice de *Blanc dehors* (2015), *Le monde est à toi* (2017), *Thelma, Louise & moi* (2018) et *Pompières et pyromanes* (2022), parus aux éditions Héliotrope. Elle a été finaliste à de nombreux prix, et plusieurs de ses livres ont été traduits en anglais et en espagnol. Son essai *Le boys club* (Remue-ménage, 2019) a remporté le Grand Prix du livre de Montréal. Son plus récent ouvrage, *Ça aurait pu être un film* (Héliotrope, 2024), a été en lice pour le prix Médécis, catégorie essai.

Née à l'île Maurice, ANANDA DEVI est l'auteure d'une œuvre foisonnante récompensée par de nombreux prix et traduite en une douzaine de langues. Parmi ses livres les plus marquants, on peut citer *Ève de ses décombres* (prix des Cinq Continents, prix RFO, Gallimard, 2006), *Le sari vert* (prix Louis Guilloux, Gallimard, 2009), et *Le rire des déesses* (prix Femina dcs lycéens, Grasset, 2021). *La nuit s'ajoute à la nuit*, un essai, a paru aux éditions Stock en 2024. Devi a reçu le Prix international de littérature Neustadt 2024 pour l'ensemble de son œuvre.

Née en 1976, YARA EL-GHADBAN est romancière et anthropologue palestinienne canadienne. Ses livres racontent la vie des hommes, des femmes et des enfants qui, face à l'histoire, à la violence coloniale et à l'exil, rêvent de demain. Elle est l'autrice de quatre romans aux éditions

Mémoire d'encrier, dont *La danse des flamants roses* (2024, Prix Mare Nostrum) et *Je suis Ariel Sharon* (2018, Prix de la diversité du Festival Metropolis Bleu), traduit en anglais, en arabe et en allemand. En 2021, elle a cosigné avec Rodney Saint-Éloi l'essai à succès *Les racistes n'ont jamais vu la mer*, finaliste au Prix des libraires. Elle vit à Montréal.

Né à Paris en 1988, dans une famille libanaise, SABYL GHOUSSOUB tient la chronique littéraire « Quoi qu'on en lise » dans le quotidien francophone libanais *L'Orient-Le Jour*. De 2011 à 2015, il a dirigé le Festival du film libanais de Beyrouth. En 2019, il a été commissaire de l'exposition « C'est Beyrouth » à l'Institut des Cultures d'Islam de Paris. Il a participé à l'ouvrage *Le Liban n'a pas d'âge 1920 – 2020*, qui a été publié aux éditions Bernard Chauveau en novembre 2020. En 2018, il a publié aux éditions de l'Antilope *Le nez juif*, puis *Beyrouth entre parenthèses*, mention spéciale France-Liban 2020. Son récit *Beyrouth-sur-Seine* (Stock, 2022) a remporté le prix Goncourt des lycéens.

KARIM KATTAN est un écrivain de Bethléem, né à Jérusalem en Palestine. Il est docteur en littérature comparée. Il écrit de la fiction, des essais, et des poèmes, en anglais et en français. Ses romans sont publiés aux éditions Elyzad basées en Tunisie. Son roman, *Le Palais des deux collines* (2021) a été lauréat du Prix des Cinq continents de la francophonie. Son deuxième roman, *L'Éden à l'aube* (2024) a reçu de nombreux prix, dont le Prix littéraire du 2e roman de Laval et a été présélectionné pour plusieurs autres, dont le Prix Renaudot 2024. Son recueil de poèmes, *Hortus Conclusus*, a paru en 2025 chez L'extrême contemporain. Ses livres sont traduits dans plusieurs langues. Ses textes en anglais sont publiés dans de nombreuses revues, dont The Paris Review, The Baffler, Strange Horizons, The Funambulist, +972 Magazine, ou encore The Magazine of Fantasy and Science-Fiction.

KEV LAMBERT a grandi au Saguenay, Québec. Ses romans ont parus aux éditions Héliotrope au Québec et au Nouvel Attila-Seuil en France : *Tu aimeras ce que tu as tué* (2017), *Querelle de Roberval* (2018). *Que notre joie demeure* (2022) a reçu le prix Médicis, le prix Décembre et le prix Ringuet. Son dernier roman, *Les sentiers de neige*, a paru à l'automne 2024.

Né à Chicoutimi en 1983, FRÉDÉRICK LAVOIE est écrivain et journaliste indépendant. Il est l'auteur de quatre essais, parus aux éditions La Peuplade, dont *Troubler les eaux* (2023, finaliste au Prix des libraires du Québec) et *Avant l'après : Voyages à Cuba avec George Orwell* (2018), qui a reçu le Prix littéraire du Gouverneur général du Canada. Il vit entre Bombay et Montréal.

PERRINE LEBLANC est née à Montréal, a grandi dans la région des Bois-Francs et vit en Gaspésie, au Québec. Elle est l'autrice de romans acclamés dont *L'homme blanc* (Le Quartanier, 2010, Grand Prix du livre de Montréal et Prix littéraire du Gouverneur général du Canada), *Kolia* (Gallimard, 2011), *Malabourg* (Gallimard, 2014) et *Gens du Nord* (Gallimard, 2022, finaliste du Prix des Cinq continents de la francophonie). Elle a été lauréate du prix Artiste de l'année en Gaspésie du Conseil des Arts et des Lettres du Québec (2023). *Petite Nature*, un récit autobiographique, a paru aux éditions Marchand de feuilles en avril 2025.

Formé en communication et passionné d'histoire, MAX LOBE suit un Master en politique et administration publique à Lausanne. Ses textes, tous publiés aux éditions Zoé, comprennent notamment *39 Rue de Berne* (2013), *Confidences* (2016, Prix Amadou Kourouma 2017), ou encore *La danse des pères* (2025). Fondateur du projet GenevAfrica, Max Lobe vit Genève.

NADINE LTAIF est poète et traductrice, cofondatrice et coéditrice de la revue numérique Mïtra. Elle est l'autrice de plusieurs recueils de poésie au Noroît, dont *Les métamorphoses d'Ishtar* suivi d'*Entre les fleuves* (2008 ; 1991, finaliste au prix Émile Nelligan), traduit en anglais aux éditions Guernica. Sa poésie aborde l'expérience de la migration et de l'exil, puisant son inspiration dans les littératures arabe, persane et extrême-orientale. Elle travaille à la production de films avec la compagnie Nadja Productions. Son plus récent recueil de poésie, *Chants des créatures*, a paru en 2024.

BEATA UMUBYEYI MAIRESSE est née à Butare, au Rwanda, en 1979. Elle est arrivée en France en 1994 après avoir survécu au génocide des Tutsi. Son premier roman, *Tous tes enfants dispersés* (Autrement, 2019), a reçu le Prix des cinq continents de la Francophonie, et *Consolée*, son deuxième livre (Autrement, 2022), le prix Kourouma. Elle a également été honorée de nombreux prix pour son récit *Le convoi* (Flammarion, 2024), dont le Grand prix de l'héroïne Madame Figaro 2024, le Grand prix du roman métis 2024 et le Prix Essai France Télévisions 2024. Son recueil de poésie, *Culbuter le malheur*, a paru chez Mémoire d'encrier en 2024. Beata Umubyeyi Mairesse vit à Bordeaux.

Née à Douala (Cameroun) en 1973, LÉONORA MIANO est romancière, dramaturge, essayiste et traductrice. Elle est l'auteur d'une vingtaine d'ouvrages, dont *Contours du jour qui vient* (Plon, 2006, prix Goncourt des lycéens), *Écrits pour la parole* (L'Arche, 2012, prix Seligmann contre le racisme) et, chez Grasset, *La saison de l'ombre* (2013, prix Femina et Grand prix du roman métis), *Rouge impératrice* (2019) et *Stardust* (2022). En 2020, le prix Frontières Léonora Miano est créé en hommage à ses écrits et ses engagements. Léonora Miano est la directrice de la collection Quilombola chez

Seagull Books, à Calcutta (Inde), et la fondatrice des éditions The Quilombo Publishing à Lomé (Togo). Chez Mémoire d'encrier, elle a dirigé les anthologies *Première nuit* (2014) et *Volcaniques* (2015). Elle a signé la traduction de l'essai autobiographique *Pichón* de l'auteur et activiste cubain Carlos Moore qui paraît en 2025. Léonora Miano est officier de l'ordre des Arts et des Lettres (France).

PHILIPPE NÉMÉH-NOMBRÉ est essayiste, chercheur et professeur adjoint à l'École d'innovation sociale Élisabeth-Bruyère de l'Université Saint-Paul. Ses recherches portent sur les pensées politiques, les cultures, les poétiques et les écologies noires, sur les possibilités de relations entre les perspectives libératrices noires et autochtones, ainsi que sur les méthodologies critiques. Il fait partie du comité d'organisation du *black symposium noir*. Il est l'auteur des essais *Seize temps noirs pour apprendre à dire keui* (Mémoire d'encrier, 2022) et *Improviser le reste* (Presses universitaires de l'Université de Montréal, 2024).

LAURA DOYLE PÉAN est un·e artiste multidisciplinaire, poète et activiste queer d'origine haïtiano-québécoise qui s'intéresse au rôle de l'art dans les mouvements sociaux. L'auteurice a publié un recueil de poésie, *Cœur Yoyo*, chez Mémoire d'encrier en 2020. En 2024, est paru le roman jeunesse *Opération Fleur de nuit* aux éditions Kata.

Né en Haïti et élevé à Jonquière, STANLEY PÉAN est l'auteur d'une trentaine de livres appartenant à différents genres (romans, recueils de nouvelles, récits, essais ou fictions destinées à la jeunesse). Il a également travaillé comme journaliste culturel, traducteur littéraire, scénariste pour la télévision et animateur à la radio musicale de Radio-Canada. Chez Mémoire d'encrier, il est l'auteur de *Jazzman* (2006) et *Taximan* (2010), ainsi que le traducteur de *Ayiti* (2020) de Roxane Gay et du roman *Béatrice et Croc Harry* (2024) de Lawrence Hill. En 2025, il signe la traduction de l'essai *Nos solitudes* par l'autrice Edwidge Danticat.

Artiste multidisciplinaire acadien, GABRIEL ROBICHAUD est né à Moncton et a grandi à Dieppe. Comédien, il pratique la mise en scène et il chante. Auteur, il écrit de la poésie, du théâtre, des scénarios ainsi que des chansons. Il compte cinq publications parues aux éditions Perce-Neige et Prise de parole, dont *Acadie Road* (poésie, 2018) et *Crowbar* (théâtre, 2021), et participe à divers projets de revue, collectifs et inédits. Son travail a été primé plusieurs fois sur la scène nationale et internationale. Il dirige la collection Théâtre des éditions Perce-Neige et a fondé le Théâtre Gauche.

ELIAS SANBAR est né en 1947 à Haïfa, en Palestine. En 1948, il a été expulsé avec sa famille vers le Liban. Auteur et historien, il s'est engagé dès les années 1960 dans le mouvement de résistance palestinienne. En 1996, il est retourné pour la première fois dans son pays ; cette même année, il a publié aux Éditions de l'Olivier *Palestine, le pays à venir*. Elias Sanbar est l'auteur de nombreux ouvrages marquants, dont *Les Palestiniens dans le siècle* (1994), le récit autobiographique *Le Bien des absents* (Actes Sud, 2001) et *Figures du Palestinien* (2004), parus chez Gallimard. Il codirige, avec Farouk Mardam Bey, le collectif *Jérusalem, le sacré et le politique* (Actes-Sud, 2020). En 2024, est paru l'ouvrage *« La dernière guerre ? » Palestine, 7 octobre 2023 – 2 avril 2024* dans la collection Tracts (Gallimard). Elias Sanbar est le traducteur du grand poète Mahmoud Darwich.

Née à Paris, VÉRONIQUE TADJO a grandi en Côte d'Ivoire. Poète, romancière, universitaire et peintre, elle a vécu au Nigeria, au Kenya et en Afrique du Sud. Son œuvre est saluée par la critique. Grand Prix d'Afrique noire en 2005 pour son roman *Reine Pokou* (Actes Sud, 2004), Véronique Tadjo a écrit *Loin de mon père* (Actes Sud, 2010), *En compagnie des hommes* (Don Quichotte/Seuil, 2017), ou encore *L'ombre d'Imana* (Actes Sud, 2000), sur le génocide des Tutsis au Rwanda. Son roman *Je remercie la nuit* (Mémoire d'encrier, 2024) a remporté le prix Kourouma.

REMERCIEMENTS

REFAAT ALAREER

Ce livre existe grâce à de nombreuses personnes. Je tiens à remercier Helena Cobban, Kimberly MacVaugh, et toute l'équipe de Just World Books pour avoir fait de ce livre une réalité. Un merci tout particulier à Annie Robbins pour son soutien aux nombreux écrivains prometteurs.

Toute ma gratitude à Yousef Aljamal pour son aide logistique au Center for Political and Development Studies de la ville de Gaza et à Samiha Olwan pour son travail de relecture remarquable. Ils sont tous les deux également auteurs dans ce livre.

Deux personnes ont rendu un service particulièrement précieux à ce livre : Sarah Ali, elle-même autrice, a été présente dès le premier jour. Elle a suggéré des textes, les a lus, et a travaillé avec moi et les écrivains jusqu'à ce que les récits atteignent leur forme aboutie et trouvent leur essence. Diana Ghazzawi, de Wordreams Editing and Design, a peaufiné les récits grâce à son regard aiguisé et ses compétences éditoriales.

HELENA COBBAN, Just World Books

En travaillant avec Refaat Alareer sur cette anthologie de récits écrits en anglais par ses étudiants – auxquels il a ajouté trois de ses propres textes – nous avons accordé une attention particulière à la section des biographies. Nous souhaitions présenter au monde tout ce qui fait la force des jeunes de Gaza, qui, en tant que groupe, sont systématiquement déshumanisés. Les biographies de l'édition originale de 2013 sont donc plus longues et personnelles que celles qu'on retrouve normalement dans un collectif ; et elles n'ont rien perdu de leur charme et de leur sensibilité en 2024.

À la suite de l'assassinat de Refaat par les Israéliens en décembre 2023, il m'a paru essentiel de publier une édition commémorative de *Gaza écrit Gaza*. Après la mort de Refaat, son ami et ancien étudiant, le docteur Yousef Aljamal, qui est aussi l'un des auteurs du livre, a pris les devants pour agir en tant qu'exécuteur littéraire. Nous nous sommes engagés ensemble à défendre et prolonger l'héritage de Refaat Alareer, l'écrivain et l'enseignant. En février 2024, Youssef a pris la responsabilité de retracer tous les auteurs, afin de mettre à jour leurs biographies.

Refaat Alareer était un homme d'élégance, de modestie et d'humour. En 2013, il a insisté pour que sa biographie soit traitée comme toutes les autres. En réalité, elle était plus courte que la plupart.

Des quinze auteurs, cinq n'ont jamais pu être retracés. Nous craignons qu'ils soient toujours piégés à Gaza, ou qu'ils aient été tués (comme Refaat) dans le génocide. Les biographies de 2024 sont présentées dans le même ordre alphabétique que les précédentes. Tout aussi personnelles, elles comprennent à la fois les portraits de 2013 et les autoportraits de neuf auteurs. En ressort un aperçu bouleversant de la vie de cette cohorte de jeunes Palestiniens et de leurs parcours sur onze ans.

Je suis profondément reconnaissante à Yousef pour son aide. Je remercie également les écrivains qui, en dépit des horreurs auxquelles ils sont confrontés, ont pris le temps d'écrire sur l'influence profonde qu'a eue Refaat Alareer sur leur vie. Deux autrices, Nour El Borno et docteure Ayah Rabah, ont même transformé ce qui devait être une simple mise à jour en un récit écrit encore et toujours depuis Gaza. Les autres auteurs, dont Yousef, dispersés à travers les continents, ont écrit depuis leur lieu d'exil.

Cette nouvelle édition commémorative de *Gaza écrit Gaza* témoigne de l'héritage de Refaat Alareer et du pouvoir de la littérature, lieu de mémoire et de résistance face à l'injustice.

TABLE

DANS LA COLLECTION ROMAN

Gouverneurs de la rosée, Jacques Roumain
Trilogie tropicale, Raphaël Confiant
Brisants, Max Jeanne
Une aiguille nue, Nuruddin Farah
Mémoire errante (coédition avec Remue-Ménage), J. J. Dominique
Dessalines, Guy Poitry
L'allée des soupirs, Raphaël Confiant
Je ne suis pas Jack Kérouac (coédition avec Fédérop), Jean-Paul Loubes
Saison de porcs, Gary Victor
Traversée de l'Amérique dans les yeux d'un papillon, Laure Morali
Les immortelles, Makenzy Orcel
Le reste du temps, Emmelie Prophète
L'amour au temps des mimosas, Nadia Ghalem
La dot de Sara (coédition avec Remue-Ménage), Marie-Célie Agnant
L'ombre de l'olivier, Yara El-Ghadban
Kuessipan, Naomi Fontaine
Les latrines, Makenzy Orcel
Vers l'Ouest, Mahigan Lepage
Soro, Gary Victor
Les tiens, Claude-Andrée L'Espérance
L'invention de la tribu, Catherine-Lune Grayson
Détour par First Avenue, Myrtelle Devilmé
Éloge des ténèbres, Verly Dabel
Impasse Dignité, Emmelie Prophète
La prison des jours, Michel Soukar
Coulées, Mahigan Lepage
Maudite éducation, Gary Victor
Je ne savais pas que la vie serait si longue après la mort,
collectif dirigé par Gary Victor
L'amant du lac, Virginia Pésémapéo Bordeleau

La nuit de l'Imoko, Boubacar Boris Diop
Les chants incomplets, Miguel Duplan
La dernière nuit de Cincinnatus Leconte, Michel Soukar
Cures et châtiments, Gary Victor
Des vies cassées, H. Nigel Thomas
(traduit par Alexie Doucet)
Le testament des solitudes, Emmelie Prophète
Première nuit: une anthologie du désir,
collectif dirigé par Léonora Miano
La maison des épices, Nafissatou Dia Diouf
L'enfant hiver, Virginia Pésémapéo Bordeleau
Fuites mineures, Mahigan Lepage
Les brasseurs de la ville, Evains Wêche
Le vieux canapé bleu, Seymour Mayne
Volcaniques: une anthologie du plaisir,
collectif dirigé par Léonora Miano
Le bout du monde est une fenêtre, Emmelie Prophète
Manhattan Blues, Jean-Claude Charles
Le parfum de Nour, Yara El-Ghadban
Le jour de l'émancipation, Wayne Grady
(traduit par Caroline Lavoie)
Le petit caillou de la mémoire, Monique Durand
Bamboola Bamboche, Jean-Claude Charles
Nuit albinos, Gary Victor
Le bar des Amériques, Alfred Alexandre
De glace et d'ombre, H. Nigel Thomas
(traduit par Christophe Bernard et Yara El-Ghadban)
Le testament de nos corps, Catherine-Lune Grayson
La femme tombée du ciel, Thomas King
(traduit par Caroline Lavoie)
Sans capote ni kalachnikov, Blaise Ndala
Adel, l'apprenti migrateur, Salah El Khalfa Beddiari
Phototaxie, Olivia Tapiero
Écorchées vivantes, collectif dirigé par Martine Fidèle
Manikanetish, Naomi Fontaine

Sainte dérive des cochons, Jean-Claude Charles
160 rue Saint-Viateur Ouest, Magali Sauves
Masi, Gary Victor
Je suis Ariel Sharon, Yara El-Ghadban
Tireur embusqué, Jean-Pierre Gorkynian
Cartographie de l'amour décolonial, Leanne Betasamosake Simpson
(traduit par Arianne Des Rochers et Natasha Kanapé Fontaine)
Le rossignol t'empêche de dormir, Steven Heighton
(traduit par Caroline Lavoie)
Le chant de Corbeau, Lee Maracle
(traduit par Joanie Demers)
Les enfants du printemps, Wallace Thurman
(traduit par Daniel Grenier)
Ben Aïcha, Kebir Ammi
La balançoire de jasmin, Ahmad Danny Ramadan
(traduit par Caroline Lavoie)
Jonny Appleseed, Joshua Whitehead
(traduit par Arianne Des Rochers)
Débutants, Catherine Blondeau
Mère à Mère, Sindiwe Magona
(traduit par Sarah Davies Cordova)
On se perd toujours par accident, Leanne Betasamosake Simpson
(traduit par Arianne Des Rochers et Natasha Kanapé Fontaine)
Boat-People, Sharon Bala
(traduit par Véronique Lessard et Marc Charron)
Ayiti, Roxane Gay
(traduit par Stanley Péan)
Balai de sorcière, Lawrence Scott,
(traduit par Christine Pagnoulle)
Laisse folie courir, Gerda Cadostin
Les villages de Dieu, Emmelie Prophète
Dans le ventre du Congo, Blaise Ndala
Annie Muktuk et autres histoires, Norma Dunning
(traduit par Daniel Grenier)
Tisser, Raharimanana
Le K ne se prononce pas, Souvankham Thammavongsa

(traduit par Véronique Lessard)
Le chant de Celia, Lee Maracle
(traduit par Joanie Demers)
Noopiming. Remède pour guérir de la blancheur, Leanne Betasamosake Simpson
(traduit par Arianne Des Rochers)
Ferdinand je suis à Paris, Jean-Claude Charles
Maisons vides, Brenda Navarro
(traduit par Sarah Mustad)
Le testament des solitudes, Emmelie Prophète
Difficult Women, Roxane Gay
(traduit par Olivia Tapiero)
Tomber, Carlos Manuel Álvarez
(traduit par Éric Reyes Roher)
Seuil de tolérance, Thomas King
(traduit par Daniel Grenier)
Neige des lunes brisées, Waubgeshig Rice
(traduit par Yara El-Ghadban)
Jamais l'oubli, Wayne Grady
(traduit par Catherine Ego)
Hors-Sol, Philippe Yong
L'or des mélèzes, Carole Labarre
Mon cœur bat vite, Nadia Chonville
La sirène de Black Conch, Monique Roffey
(traduit par Gerty Dambury)
Le violon d'Adrien, Gary Victor
Dissident, Jean-Pierre Gorkynian
Tainna, Norma Dunning
(traduit par Daniel Grenier)
Ce corps à pleurer, Tsitsi Dangarembga
(traduit par Nathalie Carré)
Du bitume et du vent, Vincent Vallières
Les Indiens s'amusent, Thomas King
(traduit par Catherine Ego)
Des cendres dans la bouche, Brenda Navarro
(traduit par Sarah Mustad)

Béatrice et Croc Harry, Lawrence Hill (traduit par Stanley Péan)
La danse des flamants roses, Yara El-Ghadban
Je remercie la nuit, Véronique Tadjo
Petite-Ville, Mélikah Abdelmoumen
Un Égyptien peut-il parler anglais ?, Noor Naga
(traduit par Marie Frankland)
Benoît Blues, Jean-Christophe Folly
Les déterrées, Katia Belkhodja
Le désespoir des anges, Henry Kénol
L'envers de la peau, Jeferson Tenório
(traduit par Lara Bourdin et Emanuella Feix)
La Coyota, Domingo Cisneros
(traduit par Antoinette de Robien)
Les yeux clos, Philippe Yong

Édition — Rodney Saint-Éloi, Yara El-Ghadban
Correction — Véronique Chelin
Direction artistique et design graphique — Julie Espinasse
Atelier Mille Mille
Mise en page — Karine Cossette
Œuvre en couverture — @ Khaled Hourani
Maria, 2018

Mémoire d'encrier reconnaît l'aide financière du Gouvernement
du Canada par l'entremise du Conseil des Arts du Canada,
du Fonds du livre du Canada et du Gouvernement du Québec
par le Programme de crédit d'impôt pour l'édition de livres, Gestion Sodec.

Mémoire d'encrier est diffusée et distribuée par :
Harmonia Mundi livre — Europe
Groupe Madrigall - Équipe Gallimard — Canada

Dépôt légal : 2e trimestre 2025

Édition originale : *Gaza Writes Back: Short Stories from Young Writers in Gaza, Palestine*,
Refaat Alareer, dir., Just World Books, Washington, 2014.

Catalogage avant publication de Bibliothèque
et Archives nationales du Québec et Bibliothèque et Archives Canada
ISBN (PAPIER) : 978-2-89872-023-9
ISBN (EPUB) : 978-2-89872-024-6
ISBN (PDF) : 978-2-89872-025-3

CIP : LCC PR9570.P342 G3914 2025 | CDD 823/.0108092—dc23

L'ouvrage *Gaza écrit Gaza* de Refaat Alareer
est composé en Stanley regular, d'Optimo.
Il est imprimé sur du papier Enviro en avril 2025
au Québec (Canada), par Marquis Imprimeur
pour le compte des éditions Mémoire d'encrier inc.